Reto Baer

Schwarze Sterne

Reto Baer

Schwarze Sterne

Roman

EDITION KÖNIGSTUHL

Impressum

Bild Umschlag:	Reto Baer
Gestaltung und Satz:	Stephan Cuber, diaphan gestaltung, Bern
Lektorat:	Manu Gehriger
Druck und Einband:	CPI books GmbH, Ulm
Verwendete Schriften:	Palatino, Adobe Garamond, Acumin

ISBN 978-3-907339-15-2

Printed in Germany

www.editionkoenigstuhl.com

»Bewusstsein ist das Produkt von Verzögerung.«
Siri Hustvedt

»Wer sieht, der denkt bereits.«
Marc-Antoine Mathieu

1

Zitternd lege ich mich auf den heißen Teerplatz. Seine Wärme dringt in meinen Körper, während der Geruch des nassen Asphalts in meine Nase steigt.

Ich betrachte die unterschiedlichen Flecken, die vor meinen Augen entstehen. Tropfen, die von meinem Haar fallen und schwarze Sterne in einem dunkelgrauen Weltall entstehen lassen.

Ich rutsche einen halben Meter zur Seite, um meinen Bauch auf eine trockene Stelle zu legen. »Ah«, sage ich. Und »ssss«, als ob die Hitze des Asphalts dadurch erträglicher würde. Doch es dauert nur Sekunden, bis man sich wieder daran gewöhnt hat, wie an heißes Badewasser.

Ich genieße diesen Teergeruch, die Hitze von unten und die Wärme von oben. Gespannt betrachte ich den nassen Abdruck, den ich hinterlassen habe. Und sehe zu, wie der Umriss von Sekunde zu Sekunde kleiner wird. Bald erinnert die Form nicht mehr im Geringsten an einen elfjährigen Jungen.

Plötzlich habe ich eine Idee und laufe zur Garderobe und stelle mich vor den Spiegel neben dem Eingang. Die rechte Hälfte ist braun getönt und soll dem Betrachter zeigen, wie er aussehen könnte, wenn er Sherpa-Sonnencrème benutzen würde.

Mich interessiert allerdings nicht dieser Hell-Dunkel-Unterschied, sondern der Abdruck, den der raue Asphalt auf meiner Brust hinterlassen hat. Ein Mosaik aus geröteten Fle-

cken, die wie die schwarzen Sterne alle verschieden sind. Langsam verschwindet das Muster auf meiner Haut.

Vor einem Monat war sein Vater kurz nach einem Herzinfarkt gestorben. Frühmorgens um fünf erhielt Kurt einen Anruf. Er solle sich auf den Weg machen, es gehe wohl bald zu Ende. Er traf zehn Minuten zu spät im Spital ein.

Seine Mutter und Schwester waren schon dort. Kaum hatten sie das Zimmer betreten, tat der Vater den letzten Atemzug. Kurt war ihm böse, weil er nicht noch ein paar Minuten länger gewartet hatte. Ein kindisches Gefühl, aber er konnte nichts dagegen tun.

Gleichzeitig fühlte er ganz deutlich, dass sein Vater noch anwesend war. Er kniete neben das Spitalbett nieder und betrachtete sein eingefallenes Gesicht aus nächster Nähe.

Die Augen waren geschlossen, der Mund weit offen.

In diesem Augenblick verspürte er keine Trauer, sondern Erleichterung. Erleichterung, dass sein Vater nicht lange leiden musste. Nach nur fünf Tagen im Spital durfte er friedlich im Schlaf gehen.

Auf den Knien neben seinem toten Vater atmete Kurt innerlich auf. Seine Anspannung löste sich. Die Furcht, ihn noch während Monaten oder gar Jahren im Spital besuchen und gute Laune vortäuschen zu müssen, hatte sich als unbegründet erwiesen. Sein Aufatmen galt also mehr ihm selbst als dem Vater.

Als er ihn so daliegen sah, versöhnte ihn das irgendwie mit dem Leben. Als ob es sicher wäre, dass auch Kurt dereinst so friedlich würde gehen dürfen.

Sie blieben lange im Zimmer, jeder in seine Gedanken versunken.

Schließlich bat sie eine Krankenschwester, für eine Weile in die Cafeteria zu gehen, damit sie und ihre Kollegin den Vater herrichten könnten, bevor die Todesstarre einsetze.

Das passte Kurt ganz und gar nicht, und er spürte, wie auch seine Mutter irritiert war. Trotzdem ließen sie sich widerstandslos hinauskomplimentieren und tranken in der Cafeteria einen mittelmäßigen Milchkaffee.

Nach etwas mehr als einer halben Stunde holte die Krankenschwester sie zurück und erklärte in feierlichem Ton, sie könnten nun vom Vater Abschied nehmen.

Als sie den Raum wieder betraten, erschrak Kurt. Der Vater sah ganz anders aus. Völlig erloschen und ohne jede Wärme.

Die gefalteten Hände, in die man eine weiße Rose gelegt hatte, deprimierten ihn. Ebenso die säuberlich gekämmten weißen Haare, die rosa gepuderten Wangen und der festgebundene Unterkiefer.

Das war nicht mehr sein Vater.

Traurig nahm Kurt wahr, dass seine Mutter und Schwester genau die gleiche Erfahrung machten. Nichtsdestotrotz blieben sie noch etwa zwanzig Minuten im Raum, in dem er seinen Vater weder sehen noch fühlen konnte. Er war endgültig gegangen. Es war niemand mehr da, von dem sie hätten Abschied nehmen können. Sie hatten den Moment verpasst, weil sie zu höflich waren, sich gegen das Hinauskomplimentieren zu wehren. Kurt war wütend auf die Krankenschwester.

Draußen auf dem Parkplatz sagte er, es sei ein Fehler gewesen, hinauszugehen und ein noch größerer Fehler, nachher noch einmal hineinzugehen.

Seine Mutter nickte: »Zuerst sah er so friedlich aus. Als ob er nur schlafe. Hauptsache, er musste nicht leiden.«

Natürlich hatte sie recht. Kurts Mutter hatte die Fähigkeit, sich in jeder Situation auf das Wesentliche zu konzentrieren. So konnte sie durchs Leben manövrieren. Und es schien ihr nichts auszumachen, auf diese Weise nicht nur die Gefühle anderer, sondern auch die eigenen auszublenden. Vermutlich war dies sogar der eigentliche Zweck des Ganzen: die Gefühle ausblenden, um das Leben erträglicher zu machen.

Zurück in seiner Wohnung versuchte Kurt sich daran zu erinnern, was es war, das ihn glauben ließ, sein Vater sei bei seiner Ankunft noch im Zimmer gewesen. Er kam nicht darauf. Es war eine Gewissheit, aber woher diese kam, wusste er nicht.

Einmal hatte Kurt einen Film gesehen, in dem behauptet wurde, Wissenschaftler hätten menschliche Körper kurz vor und nach Eintreten des Todes gewogen und dabei festgestellt, dass sie nachher im Schnitt einundzwanzig Gramm leichter waren.

Ist dies das Gewicht der Seele? Einundzwanzig Gramm? Immerhin etwa so viel, wie ein kleiner Vogel wiegt. Wie die tote Blaumeise, die Kurt als Kind gefunden und mit seinem Freund Stephan am Waldrand beerdigt hatte.

Einundzwanzig Gramm sind nicht nichts. Und er hatte es ganz deutlich wahrgenommen, als er ins

Sterbezimmer gekommen war. Da war noch etwas. Schwer zu sagen, ob es um oder in ihnen war, aber es war ganz eindeutig und unzweifelhaft da. Ein Echo seines Vaters, noch Minuten nach dessen Tod wahrnehmbar.

Und jetzt? Jetzt lebte sein Vater ebenso in seiner Erinnerung wie seine Kindheit. Zwei Leichen, die regelmäßig durch seine grauen Zellen geisterten.

Ich breche kleine Zweige aus den Büschen, verteile sie auf dem Asphalt und lege mich darauf. Bequem ist das nicht, trotzdem zähle ich entschlossen bis dreißig. Dann springe ich auf und renne zum Spiegel, um zu sehen, was für ein Muster die Zweige auf meiner Haut hinterlassen haben.

Ich betrachte das Wirrwarr aus Linien und Flecken und warte, bis es vollständig verschwunden ist. Jetzt erst bemerke ich die Muttermale auf meinem Bauch und meiner Brust. Sieben zähle ich und frage mich, was sie wohl für ein Sternbild formen.

Nach einigem Nachdenken komme ich zum Schluss, dass es ein windschiefer Drachen ist, den ein kleiner Junge gebastelt hat. Aber auch ein schiefer Drachen kann fliegen. Dieser Gedanke macht mich zufrieden, und ich gehe wieder schwimmen.

Hier im Freibad ist das Wasser blau, weil der ganze Grund des Beckens himmelblau bemalt ist. In Wahrheit ist Wasser aber farblos. Trotzdem male ich es in meinen Zeichnungen immer blau. Wie alle anderen Kinder auch. Und Sonne und Mond male ich gelb, obwohl beide in Wahrheit weiß sind. Genau wie die Sterne, die ich ebenfalls gelb male, und zwar in Gestalt von Weihnachtsgebäck. Dabei sind die

Sterne bloß sehr, sehr, sehr kleine weiße Punkte am Nachthimmel. Warum malen alle Kinder die Welt so, wie sie gar nicht ist?

Stephan ruft und unterbricht meine Gedanken. Er will mit mir und anderen Kindern zum Dreimeter-Sprungturm. Stephan ist mein bester Freund, deshalb gehe ich mit und denke nicht mehr an meine Zeichnungen.

2

Vielleicht war er frühreif. Kurt hatte Freunde, die interessierten sich noch mit sechzehn nicht für Mädchen, und *er* hatte sich schon im Kindergarten in Yvette verliebt.

Seit er denken konnte, zog es ihn zum andern Geschlecht. Das Gefühl war immer ganz physisch, wirklich ein Ziehen. Als wären die Mädchen und später die Frauen Magnete und er ein Stück Eisen. Es war wie ein Naturgesetz. So wie Newtons Apfel, der keine Wahl hat: Er muss nach unten fallen. Und Kurt hatte auch keine Wahl. Er konnte sich nur auf die Frauen zu bewegen.

Umgekehrt hatte er nur selten dieselbe Wirkung auf Frauen. Und wenn, dann waren es diejenigen, die er nicht wollte. Er nahm sie trotzdem. Eine Zeit lang. Und verliebte er sich zwischendurch doch einmal, gelang es ihm nicht, eine dauerhafte Beziehung einzugehen. Spätestens nach ein, zwei Jahren kam etwas dazwischen. Es sollte einfach nicht sein.

Seine Weigerung, Kinder zu haben, führte mehr als einmal zum Ende. Aber was hätte er tun sollen? Alles in ihm sträubte sich dagegen, ein Abbild von sich in die Welt zu setzen. Ein Witz eigentlich. Sein Sexualtrieb war der eines Platzhirschs, aber Nachwuchs wollte er auf gar keinen Fall. Menschen können schon kompliziert sein.

Mitte dreißig gab Kurt auf. Endgültig. Er gab es auf, eine Frau fürs Leben zu finden. Er gab die Vorstellung von der großen Liebe auf, vom gemeinsamen Altwerden, vom alles Teilen. Er hatte sich damit abgefunden, Frauen nur noch als Gefährtinnen für gewisse Lebensabschnitte zu sehen.

Dann trat Katy in sein Leben.

Er arbeitete als freier Journalist für eine Wochenzeitung. Für eine Porträtserie über Schweizer Comiczeichner wurde sie ihm als Fotografin zugeteilt.

Als Erstes fuhren sie zusammen nach Balsthal, um Franz Zumstein, den Zeichner der Serie »Die Himmelsstürmer«, zu treffen. Kurt war neidisch, dass Katy einen Mercedes Kombi fuhr, ein Auto, das er sich nie hätte leisten können. Ihre Bemerkung, dass sie dafür auch bis zum Umfallen arbeite, überhörte er.

Es gefiel ihm nicht, dass sie offensichtlich mehr verdiente als er. Und noch mehr ärgerte ihn, dass sie es merkte. Aber sie ging gar nicht darauf ein, sondern sprach über andere Dinge.

So erfuhr er, dass sie das Medizinstudium nach drei Semestern abgebrochen hatte, um Fotografin zu werden. Dank eines zinslosen Darlehens ihres Vaters konnte sie Mitte der achtziger Jahre eine professionelle

Ausrüstung kaufen und ein kleines Fotostudio samt Entwicklungslabor einrichten. Seither sind zehn Jahre vergangen. Längst hatten sich im Profibereich Digitalkameras etabliert, aber Katy fotografierte nach wie vor gerne analog.

»Eigentlich eine merkwürdige Berufswahl«, sagte sie, ohne den Blick von der Straße zu nehmen. »Ich, die allen auf den Geist gehe, weil ich stets hinter die Fassade blicken will, ausgerechnet ich fotografiere und bilde Äußerlichkeiten ab. Menschen, die sich vor meinem Objektiv verstellen, um so zu wirken, wie sie es erhoffen. Ich beneide dich um deinen Job, Kurt. Du kannst mit den Leuten reden und viel tiefer in sie eindringen als ich.«

»Vergiss es«, sagte er. »Die Leute erzählen mir auch nur das, was sie wollen. Und lassen sie doch mal hinter ihre Maske blicken, so kannst du sicher sein, dass sie nach dem Gegenlesen des Artikels verlangen, genau diese Passagen zu streichen.«

»Warum machen wir dann diese Arbeit?«

»Ich kann nur für mich sprechen«, sagte er, »mich interessiert die Leidenschaft. Woher kommt diese Leidenschaft, die Künstler, Schriftsteller, Musiker und alle anderen Kreativen antreibt?«

»Dann suchst du wohl dasselbe wie ich«, meinte Katy. »Das bisschen Selbst, das die Menschen nicht inszenieren und manipulieren können.«

»Die Leidenschaft ist das, was sie gar nicht verbergen wollen. In dieser Hinsicht tragen alle das Herz auf der Zunge.«

»Da hast du sicher recht.«

Katy fuhr von der Autobahn ab. Eine Weile genoss Kurt stumm die Landschaft, die ihm fremd war. Sie fuhren mitten durch den Jura, durch die Klus von Oensingen-Balsthal. Rechts oben war ein Schloss zu sehen.

Ein paar Stunden später fuhren sie den ganzen Weg wieder zurück nach Zürich und unterhielten sich lebhaft über Franz Zumstein. Nicht einmal hatten sie den Eindruck gehabt, dass der ehemalige Lehrer sich zu verstellen versuchte. Sowohl beim Interview als auch beim Fotografieren wirkte er völlig authentisch. Und seine Leidenschaft war plausibel, weil sie so simpel war.

Er liebte die Formen von alten Flugzeugen. Er konnte nicht genug davon kriegen, deshalb zeichnete er sie immer wieder. Besonders die Propellermaschinen aus dem Zweiten Weltkrieg hatten es ihm angetan.

Katy war fasziniert, dass jemand aus Liebe zu Gegenständen Künstler werden konnte. Sie selber interessierte sich nur für Menschen. Sie wollte mit ihren Fotos einen lebendigen Moment festhalten. Flugzeuge zu fotografieren, hätte sie gelangweilt.

3

Mein Vater hat mir seinen alten Fotoapparat geschenkt. Eine Kodak Instamatic 220. Die Filme sind in schwarzen Plastikkassetten mit gelben Etiketten. Da kann man beim Einlegen gar nichts falsch machen. Die Fotos werden quadratisch. Das gefällt mir. Ist etwas Besonderes, denn die meisten Apparate schießen rechteckige Fotos, auch Papas neue Kamera.

Am liebsten fotografiere ich Landschaften. Manchmal muss ich warten, bis alle Leute aus dem Bild gegangen sind. Ich will nicht, dass Menschen meine Naturfotos verschandeln.

Autos fotografiere ich auch gerne. Ich habe schon Fotos von einem Porsche Targa, einem Lamborghini Miura, einem Lotus Europa und einem Jaguar E mit Speichenrädern. Der weiße Jaguar E mit der ellenlangen Motorhaube und den gewölbten Scheinwerfergläsern gefällt mir am besten. Einmal versuchte ich, ihn zu zeichnen, aber es wollte mir nicht gelingen.

Heute Nachmittag habe ich Yvette fotografiert. Doch sie hat das Foto kaputt gemacht, weil sie sich genau in dem Moment wegdrehte, als ich abdrückte.

Sie ist doof. Weiß sie denn nicht, dass Fotos Geld kosten? Mein Vater muss auch die misslungenen Fotos bezahlen. Deshalb hat er mich gebeten, sparsam zu fotografieren. Pro Monat kriege ich einen Film mit zwölf Aufnahmen. Und jetzt hat Yvette eine versaut. Die blöde Kuh werde ich sicher nie mehr fotografieren. Geschieht ihr ganz recht.

Drei Filme à sechsunddreißig Aufnahmen verschoss Katy an diesem Nachmittag. Zumstein am Zeichenpult, Zumstein im Wohnzimmer vor selbst gemalten Flugzeugbildern, Zumstein im Garten mit und ohne Flugzeugmodell in der Hand etc. Eine Profifotografin spart nicht mit Material. Von den hundertacht Porträtaufnahmen würde genau eine einzige in der Zeitung erscheinen. Vielleicht würde noch eine zweite ganz klein auf der Inhaltsseite abgedruckt.

Als sie Kurt beim Escher-Wyss-Platz absetzte, sagte Katy: »Das hat Spaß gemacht mit dir. Ich freue mich schon auf unseren nächsten Comiczeichner.«

»Ich mich auch«, sagte Kurt und verabschiedete sich.

So lernten sich die beiden kennen. Ohne Schmetterlinge im Bauch. Es war eine rein kollegiale Beziehung. Abgesehen vom Mercedes war Katy ihm von Anfang an sympathisch. Denn sie war viel unkomplizierter als die meisten Frauen, die Kurt kannte.

Sie hatte volles, kastanienbraunes Haar, das ihr leicht gelockt über die Schultern fiel. Die Kleider, die sie trug, dienten nicht dazu, die Männer zu beeindrucken, sondern waren einfach nur praktisch. Ein hellgrünes, kurzärmeliges Herrenhemd, eine leicht zu große Blue Jeans und Adidas Sportschuhe.

Dass sie schlank war, konnte er sehen, aber ob ihre Figur auch das gewisse Etwas hat, das eine Frau sexy macht, das konnte er nicht erkennen. Überhaupt wirkte sie eher unscheinbar. Die Lippen etwas zu schmal, das Gesicht etwas zu kantig, die Schultern eine Spur zu breit. Einzig die grünen Augen fielen auf. Grüne Augen sieht man nicht oft. Ihr braun gebranntes Gesicht verstärkte den besonderen Eindruck noch.

Wochenlang fuhren die beiden in der ganzen Schweiz umher und porträtierten einen Zeichner nach dem andern. Comiczeichnerinnen gab es damals erst wenige. Auch ihnen statteten sie einen Besuch ab.

Ende August sollten sie einige Zeichner in der Romandie treffen. Um die weite Strecke nicht mehrmals fahren zu müssen, trafen sie an zwei aufeinanderfolgenden Tagen vier Zeichner. Zuerst Cosey und Derib in der Nähe von Lausanne, dann Ceppi und Zep in Genf, wo sie auch übernachteten.

An diesem Abend aßen sie in einem indischen Restaurant und gingen danach noch in einen Jazz Club. Dabei sah Kurt Katy zum ersten Mal in femininen Kleidern. Sie trug ein schwarzes, enges und tief ausgeschnittenes Top, das die Aufgabe, ihr beim Sprechen in die Augen zu sehen, zu einer echten Bewährungsprobe machte. Dazu trug sie einen orangefarbenen Rock, der eine Hand breit über den Knien endete und ihre Figur ebenso betonte wie das Top. Die langen Beine waren muskulös, die schmalen Füße steckten in eleganten schwarzen Pumps.

Beim Nachtessen erfuhr Kurt, dass sie viel Sport trieb. Vor allem Biken und Schwimmen. Das erklärte die straffen Schenkel und die breiten Schultern.

Nachdem sie an der Bar zwei Bier geholt hatten, sagte Kurt: »Katy, du bist eine sehr schöne Frau.« Es überraschte ihn selbst am meisten.

Katy schaute ihn einige Atemzüge lang entgeistert an, bevor sie mit ernster Miene verlangte: »Sag so etwas nie wieder, Kurt.«

»Wieso?«

»Weil du dir sonst eine andere Fotografin suchen kannst.«

»Das kapier ich nicht.«

»Das brauchst du auch nicht«, sagte sie bitter. »In diesem Punkt musst du einfach nur tun, was ich verlange.«

»Und das wäre?«

»Keine Komplimente. Nie. Und auch sonst keine Annäherungsversuche.«

»Findest du mich denn so schrecklich?«

»Es geht hier nicht um dich, Kurt. Es geht um mich. Akzeptier es oder lass es.«

Während das lokale Jazz Trio sich langsam warm spielte, fragte er: »Darf ich wissen, warum du so heftig reagierst?«

»Nein. Können wir jetzt über was anderes reden?«

Damit war die Angelegenheit beendet.

Als Kurt im Hotelbett lag, überlegte er sich alle möglichen Gründe. Vielleicht wollte Katy nichts von Männern wissen, weil sie als Kind missbraucht worden war. Oder vielleicht war sie als Erwachsene vergewaltigt worden. Vielleicht war sie frigid. Vielleicht war sie einfach nur lesbisch und wollte nicht darüber reden. Kurt ahnte nicht, wie falsch er lag.

4

Der Regen prasselt auf die herzförmigen Blätter vor meinem Fenster. Obwohl es erst Nachmittag ist, muss ich das Licht anmachen. Ich liege mit meinen Comics auf dem Boden und lese sicher zum zwanzigsten Mal eine Pichelsteiner-Geschichte in »Primo«.

Ich mag die dicken Dödel Neolith und Theolith. Die sind so schön doof. Dafür haben sie viel mehr Kraft als ihr schlauer kleiner Bruder Flint. Zusammen mit Opa Archibald passen sie auf, dass kein Höhlenbewohner der langbeinigen Petra an die Wäsche geht.

Ich verstehe nicht, wie die drei Brüder mit ihren Knollennasen und Riesenfüßen so eine sexy Schwester haben können. Und ich würde gern wissen, ob Petra ihren Namen vom Flugsaurier Pteranodon hat, der zwischendurch auch mal durch die Bilder fliegt.

Einmal habe ich versucht, Petra ohne ihr superkurzes Fellkleid zu zeichnen, aber es ging völlig daneben. Die Brüste gerieten verschieden groß, und ich hatte keine Ahnung, was ich ihr zwischen die Beine zeichnen sollte. Schwarze Haare oder ein Schlitzchen? Die Stelle blieb leer.

Dann habe ich das Blatt in kleinste Stücke zerrissen, die ich in ein anderes Blatt legte, bevor ich es zerknüllte und wegwarf. Ich darf mir gar nicht vorstellen, was geschähe, wenn meine Mutter oder mein Vater herausfänden, dass ich nackte Frauen zeichne. Bestimmt gibt es auf der ganzen Welt keinen zweiten Elfjährigen, der so etwas tut.

Seufzend nehme ich ein leeres Blatt und beginne, einen Dinosaurier aus dem Pichelsteiner-Comic abzuzeichnen.

Über seinem furchterregenden Kopf zeichne ich schwarze Wolken, aus denen sieben Blitze schießen. Jetzt fehlt nur noch der Regen. Der ist leicht zu zeichnen.

Als ich fertig bin, nehme ich das Comic-Heft wieder zur Hand und schaue Petra lange an. Ich wünschte, ich könnte so gut zeichnen.

Nachdem Katy und Kurt am Morgen bei Ceppi waren, klingelten sie am Nachmittag bei Zep. Seine Frau öffnete und eilte nach einer kurzen Begrüßung an einen Termin. Zep, der eigentlich Philippe Chapuis heißt, entschuldigte sich für das Durcheinander im Haus.

Da das Kindermädchen noch nicht eingetroffen war, bat er den Journalisten und die Fotografin auf einen Kaffee in die Küche. Doch sein Töchterchen ließ ihm keine Ruhe, weshalb kurzerhand Katy die Espresso-Maschine bediente. Schließlich saßen sie allein in der kleinen Küche und tranken Kaffee, während Zep im Flur mit seinem Töchterchen Ball spielte.

Nach etwa einer Viertelstunde traf das Kindermädchen ein. Eine merkwürdige Bezeichnung für eine voluminöse Algerierin, die die Fünfzig sichtlich überschritten hatte.

Gut gelaunt führte Zep seine Gäste aus der Deutschschweiz in sein Atelier unterm Dach. An einer Wand hing sein Plakat fürs Jazzfestival Montreux. In einer Ecke standen zwei elektrische Gitarren und ein Kofferverstärker. Überall standen und lagen Titeuf-Merchandise-Artikel herum. In der Gemütlichkeit dieses kreativen Chaos begann Kurt das Interview, während Katy Blitzlichter und Reflektoren aufbaute.

Zep erklärte, er habe die Comicfigur Titeuf als Lausebengel konzipiert, der sich so verhalte, wie er selbst es nie gewagt habe. Ein Kind frage beispielsweise, weshalb man Liebe machen müsse, wenn man groß ist. Denn für einen Achtjährigen sei die Vorstellung, splitternackt mit einem Mädchen ins Bett zu gehen, grauenvoll. Natürlich würden Erwachsene auf so eine Frage bloß mit verlegenem Lachen reagieren und keine Antwort geben. Das sei der Moment, der ihn interessiere. Er frage sich dann, was sich ein Knirps in so einem Moment ausmale.

Die kindliche Fantasie und die Missverständnisse, die daraus entstünden, böten ihm Motive für immer neue Gags. Die Angst, dass ihm die Ideen ausgehen könnten, kannte Zep nicht. Dann schon eher die Angst, ihm könnte nicht genug Zeit bleiben, um alle Ideen zu Papier zu bringen.

Auf der Heimfahrt sagte Katy: »Für einen Millionär lebt Zep recht bescheiden. Ein altes, eher kleines Einfamilienhaus mitten in Genf. Keine Villa, kein Pool, kein Porsche. Nichts dergleichen.«

»Ist doch eigentlich ganz sympathisch«, meinte Kurt.

»Ja schon, aber erstaunlich. Das sagt doch einiges über den Menschen aus.«

»Findest du?«

»Hm«, sagte Katy.

»Konntest du das fotografieren?«

»Was?«

»Na das, was sein villen- und porscheloses Wesen ausmacht?«

»Ich weiß nicht. Aber den Lausbuben konnte ich fotografieren, da bin ich mir ziemlich sicher.«

»Den Lausbuben?«

»Hm. Der guckt immer noch aus Zeps Augen. Genau wie bei dir«, meinte Katy und sah kurz zu Kurt. Hatte dieses kleine Lächeln etwas zu bedeuten? Oder verstrickte er sich nur wieder in Missverständnisse titeufschen Ausmaßes?

»Mit dem entscheidenden Unterschied, dass Zep daraus Kapital schlägt«, sagte Kurt.

»Darum geht es ihm aber gar nicht. Er will einfach Comics machen. Davon leben zu können, ist für ihn schon Erfolg genug. Deshalb ist es ihm auch nicht wichtig, eine Zwölf-Zimmer-Villa und teure Autos zu besitzen.«

»Oho! Spüre ich da vielleicht mehr als nur Sympathie?«

»Blödmann!«, sagte Katy und boxte ihn in den Oberarm. »Weißt du, eigentlich sieht Zep fast wie eine jüngere Ausgabe von dir aus.«

»Danke.«

»Wieso danke?«

»Na ja, er sieht gut aus.«

Einen kurzen Augenblick lang schaute Katy ihn irritiert an, dann sah sie wieder auf die Autobahn. Drei Sekunden später huschte ein kaum merkliches Lächeln über ihr Gesicht. Innerlich rief Kurt: Yesss!

Als ich klein war, musste ich beim Autofahren manchmal erbrechen. Aber das ist lange her. Fünf oder sechs Jahre.

Letzte Nacht hatte ich einen sonderbaren Traum. Ich saß selber am Steuer des grauen VW-Käfers meines Vaters. Ich lenkte das Auto über die Landstraße. In Windeseile flitzten links und rechts Kornfelder vorbei.

Weil es solchen Spaß machte, fuhr ich immer schneller. Ich war selber das Auto und fuhr nicht nur durch die Landschaft, sondern die Landschaft fuhr auch durch mich. Als ich in einen Wald hineinfuhr, rauschten die Bäume wie ein Trommelwirbel durch mich hindurch. So rasch folgte ein Baumstamm dem andern, dass es irgendwie so wirkte, als stünde da ständig ein und derselbe Baum, der durch meinen Autokörper hindurch dem Himmel entgegenwuchs.

Ich hörte den typischen Klang des Käfermotors hinten im Wagen. Ich spürte, wie das Lenkrad vibrierte. Ich war Teil dieses rasenden Tempos. Und doch schien alles anzuhalten und in der Schwebe zu bleiben. Das Gefühl war noch schöner als Schokolade, die auf der Zunge zergeht, noch schöner als das weiche Fell meines Meerschweinchens, noch schöner als Feuerwerk. Ich kann es gar nicht beschreiben. Wer dieses Gefühl hat, will nichts mehr.

Ich habe keine Ahnung, was der Traum bedeutet, aber ich weiß, sobald ich achtzehn bin, werde ich Autofahren lernen. Sieben Jahre dauert es noch, bis es so weit ist. Das ist unvorstellbar lang. Wenn ich achtzehn bin, werde ich mich nicht mehr an diesen Tag und diesen Traum erinnern, so wie ich mich heute nicht mehr an meine Geburt oder meine Zeit mit Windeln erinnere. Alles habe ich vergessen. Dass ich vergessen werde, wer und wie ich heute bin, macht mich traurig.

5

Kurz nach neun konnten sie die ersten Häuser von Zürich sehen. Katy fragte Kurt, ob sie ihn wieder beim Escher-Wyss-Platz absetzen solle. Er antwortete, er würde gern mal ihr Studio sehen. Sie war einverstanden, was er als weiteres Zeichen ihrer Zuneigung deutete.

Kurze Zeit später fuhr sie den Mercedes auf den Abstellplatz vor einem kleinen Einfamilienhaus in Zürich-Altstetten. Nach der Bauart zu schließen, stammte es wohl aus den 50er-Jahren. Sie mussten zweimal gehen, um die ganze Fotoausrüstung und Katys Reisetasche ins Haus zu tragen.

»Willst du etwas essen?«, fragte sie.

»Nein, danke. Du?«

»Auch nicht.«

»Gehört das Haus dir?«

»Hm. Geerbt von meinen Eltern.«

»Sind sie schon lange gestorben?«

»Meine Mutter ja. Sie starb kurz nach meinem fünfzehnten Geburtstag. Genau dann, wenn ein Mädchen seine Mutter am dringendsten braucht. Aber mein Vater hat sich rührend um mich gekümmert. Ich habe bis vor zwei Jahren mit ihm hier zusammen gelebt. Dann hatte er einen Schlaganfall. Einen Monat später starb er im Spital. Das war der schlimmste Tag meines Lebens.«

»Das kann ich mir vorstellen«, sagte Kurt. »Was ich mir weniger vorstellen kann, ist, warum eine Frau wie du ihr ganzes Leben im Elternhaus verbringt. Wo bleibt da dein eigenes Leben?«

»Was meinst du? Das war mein Leben. Das *ist* mein Leben.«

»Hattest du denn nie Lust, mit einem Mann zusammenzuleben?«

»Wenn du das Studio noch sehen willst, solltest du dir besser überlegen, was für Fragen du stellst.«

»Mein Gott, Katy! Was ist so schlimm daran? Ich versuche bloß, dich kennenzulernen.«

»Wenn dir wirklich an einer Freundschaft mit mir liegt, dann solltest du akzeptieren, dass es gewisse Dinge gibt, über die ich nicht rede.«

»Was für eine Freundschaft soll das sein, wenn man nicht über alles reden kann?«

»Es ist die Freundschaft, die ich dir anbieten kann«, sagte Katy. »Eine andere gibt es nicht.«

Was sollte man darauf antworten? Als Kurt merkte, dass er seine Schuhe anstarrte, hob er den Blick wieder und sah in ihre Augen. Sie schienen zu sagen: Ich weiß, was du durchmachst, aber ich kann es nicht ändern.

Seufzend sagte sie: »Komm, lass uns ins Studio gehen.«

Den größten Kellerraum hatte sie in ein kleines, professionelles Fotostudio umgewandelt. Scheinwerfer, Blitzlichter, Reflektoren und Backdrops standen herum. Im kleineren Raum daneben hatte sie das Entwicklungslabor eingerichtet. Im Papierkorb lagen zahlreiche Teststreifen, die von ihren Versuchen zeugten, die geeignete Belichtung zu finden.

Schließlich führte sie Kurt wieder aus dem Keller. Im Wohnzimmer lagen auf dem niedrigen Beistelltisch vor dem Sofa einige Schwarzweiß-Aufnahmen. Er hob die oberste auf und fragte sich, ob das Bild wirklich das zeigte, was er dachte. Aber schon nach Sekunden merkte er, es konnte nicht der Bauch einer Hochschwangeren sein.

Die Aufnahme war verschwommen. Langsam dämmerte ihm, dass es sich um ein Gesicht vor schwarzem Hintergrund handelte. Die Augen und der Mund waren als leicht dunklere Flecken zu erahnen, die Nase jedoch schien zu fehlen. Ebenso das Haar.

»Das ist Marisa, meine Nachbarin«, sagte Katy. »Ich arbeite zurzeit an einer Porträtserie, für die ich Menschen in Dunkelheit fotografiere. Ein klein wenig Licht ist natürlich nötig, sonst passiert nichts auf dem Film. Ja, und dann belichte ich einige Minuten lang.«

»Dann ist das also Bewegungsunschärfe?«

»Genau. Ich bitte die Leute zwar, so still als möglich zu sitzen, aber Menschen sind keine Statuen. Schon der Atem führt zu kleinen Bewegungen. Dazu kommen unmerkliches Schwanken und leichte Drehungen. So entstehen diese verwischten Porträts.«

»Und was bezweckst du damit?«

»Weiß ich noch nicht«, meinte Katy. »Ich suche noch. Ich glaube, ich möchte in den Gesichtern das finden, was bei Tageslicht nicht zu sehen ist.«

»Und was soll das sein?«

»Keine Ahnung. Wenn ich das wüsste, müsste ich diese Fotos nicht machen.«

Es waren sieben Aufnahmen von sieben verschiedenen Personen. Bei einigen waren auch Nasen und Haare zu erahnen. Vermutlich hatte Marisa schwarzes Haar, das mit der Dunkelheit verschmolz. Und die Nase fehlte vielleicht, weil sie ihr Gesicht leicht gesenkt hielt, denn bei jenen, wo so etwas wie eine Nase auszumachen war, sah man vermutlich die Nasenlöcher als dunkle Schlieren. Darauf angesprochen, bestätigte es Katy.

»Verwischte Gesichter von Unbekannten. Interessiert das jemanden?«, fragte er.

»Dich scheint es zu interessieren.«

»Es ist mehr eine Art Faszination. Aber was interessiert *dich* daran, Katy?«

»Das Unklare, das Uneindeutige. Oder hast du sofort erkannt, dass es Porträts sind?«

»Nein, bei Marisa dachte ich zuerst, es sei der Bauch einer Schwangeren.«

»Marisa?«, lachte Katy. »Das wird ihr bestimmt gefallen, wenn sie es erfährt. Sie kann nämlich keine Kinder kriegen.«

»Ach? Wird es sie dann nicht eher verletzen?«

»Nein, nein. Mach dir keine Gedanken. Sie wird begeistert sein. Ich kenne sie. Und ehrlich gesagt bin ich auch begeistert. Wäre die Aufnahme scharf und klar, könnte so ein Irrtum gar nicht passieren. Erst die Unschärfe macht so eine Assoziation möglich.«

»Aber es ändert nichts daran, dass es Gesichter sind.«

»Nein, aber offenbar hast du in Marisas Gesicht ihren größten Herzenswunsch gesehen. Das ist doch spannend.«

Ich musste Katy recht geben. Gleichzeitig wurde mir bewusst, wie viel Wert ich als einstiger Amateurfotograf auf Schärfe gelegt hatte. Unscharfe Fotos hatte ich weggeschmissen, ohne sie eines zweiten Blicks zu würdigen.

Was ist das bloß für ein Foto? Ich kann mich gar nicht daran erinnern, es gemacht zu haben. Es zeigt einen neun mal neun Zentimeter großen Ausschnitt der Aussicht von unserem Balkon. Links sieht man noch etwas vom Waldrand, rechts das Nachbarhaus. Über allem hängt ein lilagrauer Gewitterhimmel, der aussieht, als würde er in der Mitte nach oben gesogen. Von diesem dunkelvioletten Zentrum aus biegt sich ein Schlauch in einer leichten Linkskurve bis zum unteren Bildrand. Es sieht aus wie ein Tornado. Aber jeder weiß, dass es in der Schweiz keine Tornados gibt. Was um Gottes willen habe ich denn da fotografiert?

Ich zeige das Bild meiner Mutter, und sie sagt sofort: »Das ist eine Geranie.«

Was für eine Enttäuschung! Eine lausige Geranie, die so nah vor dem Objektiv stand, dass sie nur als unscharfe Silhouette abgebildet wurde. Warum sie violett ist und daher zum lila Wolkenhimmel zu gehören scheint, verstehe ich nicht. Der Stiel müsste doch eigentlich grün sein, und das Blütenbündel rot. Vielleicht verdunkelten die Wolken den Himmel so stark, dass die Farben der Dinge nicht mehr richtig fotografiert wurden.

Ich beschließe, beim Zeigen des Fotos trotzdem zu behaupten, es handle sich um einen Tornado. Mal sehen, wer's glaubt.

»Und was ist *dein* größter Herzenswunsch, Katy?«, wollte Kurt wissen.

»Ich glaube, es ist Zeit, dass du gehst?«

»Was ist jetzt schon wieder? Wieder eine falsche Frage?«

»Kurt, es ist schon spät. Ich würde gerne schlafen gehen.«

»Du wirfst mich hinaus?«

Katy blickte seufzend zur Wohnzimmerdecke und sprach wie eine genervte Mutter zu ihrem Kind: »Du kannst nicht hierbleiben, Kurt.«

»Schon gut«, murmelte er, nahm Jacke und Rucksack und ging zur Haustür, wo er Katys Hand auf seiner Schulter spürte. Als er sich umdrehte, gab ihm Katy drei Küsschen auf die Wangen und sagte: »Gute Nacht.«

Völlig durcheinander ging Kurt zur nächsten Tramstation. Er war wütend, weil Katy ihn weggeschickt hatte. Gleichzeitig war er glücklich über die Küsschen, so harmlos dieses Abschiedsritual auch war. Es signalisierte zumindest so etwas wie Sympathie. Er schien ihr also nicht ganz gleichgültig zu sein.

Warum wich sie dann regelmäßig aus, wenn er sie etwas Persönliches fragte? Wäre es bloßes Kokettieren, könnte er locker damit umgehen, aber es war etwas ganz anderes. Sie ließ ihn nicht in ihr Leben. Sie verschloss die Tür. Zutritt verboten.

Das machte ihn fast wahnsinnig.

Auf der Heimfahrt überlegte er hin und her, warum Katy sich so verhielt. Irgendwann gab er entnervt auf und sagte sich, dass es so nicht weitergehen konnte.

Entweder würde sie in Zukunft offen mit ihm sprechen oder ihre Freundschaft wäre am Ende.

Kaum hatte er diesen Gedanken, brach ihm der Schweiß aus allen Poren. Die Vorstellung, Katy nie wieder zu sehen, versetzte ihn in Panik. Erst in diesem Augenblick wurde ihm klar, dass er sich verliebt hatte.

Das war genau das, was er seit Jahren vermied. Und bisher war es ihm sogar gelungen, da er den Glauben an die große Liebe längst verloren hatte. Er dachte, das sei nur etwas für andere, nicht für ihn. Deshalb begnügte er sich mit Affären, spielte aber oft nicht mit offenen Karten.

Er spürte instinktiv, welche Frauen sich gerne auf unverbindliche Abenteuer einlassen wollten. Mit ihnen war er ehrlich. Allen anderen versprach er das Blaue vom Himmel, um sie ins Bett zu kriegen. Und sobald sich eine Frau zu sehr in seinem Leben breitmachen wollte, brach er die Beziehung ab.

Nun kam offenbar die Zeit, dafür zu büßen.

Zuhause angekommen, drehten seine Gedanken und ließen ihm keine Ruhe. An Schlafen war nicht zu denken. Also setzte er sich hin und begann die Interview-Tonbänder zu transkribieren. Doch nach einer halben Stunde gab er auf. Er konnte sich nicht konzentrieren.

Es war kurz nach 23 Uhr. Er zog Jacke und Schuhe an, steckte das Portemonnaie ein und ging in die laue Nacht hinaus. Eine Viertelstunde später setzte er sich in seiner Stammbeiz zu Silvan. Der Bündner arbeitete als Musikredaktor für DRS 3, das Pop-Programm des staatlichen Radiosenders. Er sah verboten gut aus. Auf der Straße drehten sich alle Frauen nach ihm um, doch er war stockschwul.

»Was sitzt du hier so allein?«, fragte Kurt.

»Alain, dieser Spielverderber, ist schon heimgegangen. Aber ich wollte noch ein Bier. Und jetzt bist du ja da, mein Süßer.«

So nannte ihn Silvan ständig. Anfangs machte es ihm Spaß, Kurt zu ärgern. Später bekräftigte er damit seine Freundschaft. Wenn einer in dieser Stadt alles für ihn tun würde, dann wohl Silvan.

»Du siehst scheiße aus.«

»He«, protestierte Kurt, »empfängt man so einen alten Freund?«

»Wenn es doch stimmt.«

»Danke für die Aufmunterung.«

»Gerne. Also erzähl schon. Was für eine Dampfwalze ist dir über die Leber gerollt?«

»Eine Frau.«

»Das ist ja mal was ganz Neues. Sonst bist doch immer du die Dampfwalze.«

»Diesmal ist es anders. Ich habe mich wirklich verliebt.«

»Hach! Dass ich das noch erleben darf!«

»Mach dich nur lustig über mich. Ich hab's nicht anders verdient.«

»Mensch, Kurt, jetzt mach dich mal locker. Du wirst die Sahneschnitte schon noch bekommen. So war es immer.«

»Diesmal ist es, wie gesagt, anders. Katy zeigt mir die kalte Schulter.«

»Katy heißt sie also. Und was tut diese Katy?«

Kurt erzählte alles, bestellte zwischendurch ein Bier und schloss mit der Bemerkung, dass Katy sich vielleicht gar nicht für Männer interessiere.

»Warum seid ihr Heteros bloß so kompliziert?«, meinte Silvan. »Frag sie doch einfach.«

Rita ist vielleicht nicht das schönste Mädchen der Schule, aber sicher das tollste. Sie spielt besser Fußball als die meisten Jungs, läuft schneller, klettert auf höhere Bäume und heckt mehr Streiche aus.

Ihr blondes Haar bindet sie stets zu einem Pferdeschwanz zusammen, und sie trägt nie Röcke. Sie ist viel öfter mit uns Jungs zusammen als mit den Mädchen.

Ich liebe ihr helles Lachen. Mit ihr ist es immer lustig. Aber sie ist schon zwölf, ein Jahr älter und größer als ich. Deshalb traue ich mich nicht, sie zu fragen, ob ich sie küssen darf. Mein Freund Stephan fragt sie für mich.

Ich sehe von weitem, wie er mit ihr auf dem Schulhof spricht, wie sie beide zu mir herüberblicken, wie er dann nickt und wieder zu mir kommt. Mir wird ganz heiß. Da sehe ich, wie Stephan grinst und beide Daumen nach oben hält.

»Sie erwartet dich im Materialraum, du Glückspilz«, sagt er bei mir angekommen.

»Ich weiß nicht«, stammle ich.

»Jetzt geh schon!«, sagt Stephan und schubst mich Richtung Schulhaus. Langsam schlurfe ich los.

»Wenn du so weitermachst, ist die Zehnuhrpause um, bevor du den Schulhof überquert hast«, schimpft Stephan. »Nun beeil dich schon!«

Also renne ich los wie eine Rakete. Sekunden später stehe ich vor Rita zwischen Besen, Schaufeln und anderem Werkzeug.

»Warum willst du mich küssen?«

»Na, weil ich noch nie ein Mädchen geküsst hab. Deshalb.«

»Was ist das denn für ein Grund? Würde ich alle Jungs küssen, die noch nie ein Mädchen geküsst haben, stünde ich morgen noch hier.«

»Also … eigentlich ist es ja, weil …« Ich schaue zu Boden. Ich kann ihr unmöglich sagen, dass ich küssen üben will, bevor ich Yvette frage. Also lüge ich: »Na, weil ich mich halt in dich verliebt hab.«

»Siehst du, das ist ein guter Grund«, sagt Rita, legt die Arme um meinen Hals, drückt mich an sich und küsst mich auf den Mund. Es ist wie Nutella mit Ovomaltine und noch viel süßer.

»He! Was tut sich da in deiner Hose?«

»Ich kann nichts dafür, ehrlich«, jammere ich verzweifelt. Was, wenn sie mich nun hasst?

»Keine Panik, Kleiner. Ich find's nur spannend. Ich wusste nicht, dass es da einen direkten Draht gibt zwischen euren Lippen und eurem Schniedel.«

»Ich auch nicht«, murmle ich kleinlaut und frage mich, ob Rita auch noch nie zuvor einen Jungen geküsst hat.

»Das ist lustig. Komm, küss mich noch einmal.«

Diesmal schmiegt sie sich noch enger an mich, und der Kuss dauert unendlich lange. Mindestens zehn Sekunden. Dann läutet die blöde Schulglocke.

»Wehe, du erzählst irgendwem davon!«, droht Rita und rennt aus dem Materialraum.

Etwas benommen steige ich die Treppe in den ersten Stock hinauf und erreiche das Schulzimmer gerade noch rechtzeitig beim zweiten Klingeln.

Das Klassenzimmer kommt mir ganz verwandelt vor. Das Sonnenlicht zaubert helle Schleier auf die Haare der Mädchen. Der Lehrer wirkt freundlicher und längst nicht mehr so langweilig wie noch vor der Zehnuhrpause. Als er mir eine Frage stellt, sage ich: »Danke, mir gehts gut.«

Alle lachen und ich mit ihnen. Sogar der Lehrer lacht, bis er sagt: »Im Ernst, Kurt. Erklärst du uns nun, wie das mit der Fortpflanzung bei den Schnecken funktioniert?«

»Schnecken? Also, wir haben ganz viele davon gesammelt.«

»Das wissen wir. Sie kriechen in unserem Terrarium herum. Aber ich fragte nach der Fortpflanzung.«

»Also das ist mir gerade nicht so wichtig.«

Während wieder die ganze Klasse lacht, legt der Lehrer die Stirn in Falten und sagt: »Du solltest besser aufpassen, Kurt. Komm nach der Stunde zu mir.«

6

Der Mann schaute mit heiligem Ernst am Betrachter vorbei ins Leere. Die gerunzelte Stirn ließ ihn nachdenklich aussehen, die zwei senkrechten Denkerfalten zwischen den Brauen kummervoll. Der geschlossene Mund wirkte je nach Betrachtungsweise verbissen oder entschlossen.

Er trug ein weißes Hemd, der oberste Knopf stand offen. Das dichte, dunkle Haar lockte sich unzähmbar in alle Richtungen. Die Bartstoppeln legten einen maskulinen Schatten auf Kinn und Wangen.

Die Schwarzweiß-Fotografie hing am Ende des Flurs, der zu Katys Schlafzimmer führte. Das sei ihr erstes bewusst gestaltetes Porträt, erzählte sie. Etwa einen Monat nach dem Tod ihrer Mutter habe sie deren alte Kamera, eine Voigtländer, genommen. Sie habe noch einen Film mit drei Restaufnahmen enthalten. Also habe sie ihren Vater in den Garten hinaus gebeten und ihn im herbstlichen Abendlicht dreimal fotografiert.

»Ich hoffte, wenn seine Traurigkeit für immer auf Film gebannt sei, würde sie aus seinem Herzen verschwinden. Natürlich war das eine kindische Hoffnung.« Während sie sprach, schaute Katy nicht Kurt, sondern das Bild ihres Vaters an. »Auf diesem Film, der immer noch in der Kamera steckte, waren sonst nur noch Bilder von meinem Vater und mir. Meine Mutter nervte uns regelmäßig, da sie uns bei allen möglichen und unmöglichen Tätigkeiten fotografieren wollte.«

Nach einem tiefen Seufzer fuhr Katy fort: »Ich erschrak, wie fröhlich wir aussahen. Die Fotos kamen aus einer anderen Epoche. Nur die letzten drei Aufnahmen, die ich selber gemacht hatte, wirkten real. In diesem Augenblick verstand ich, dass mir nichts anderes übrigblieb, als diesen neuen, traurigen Vater zu lieben, komme, was wolle.«

Sie fuhr mit dem Zeigefinger zärtlich dem schmalen Holzrahmen entlang. »Das war die einzige der drei Aufnahmen, die scharf war. Die anderen beiden hatte ich verwackelt. Damals fand ich nur scharf gezeichnete Fotos gelungen. Also ließ ich diese Aufnahme vergrößern. Bis heute halte ich sie für eines meiner besten Porträts.«

»Warum?«, wollte Kurt wissen.

»Siehst du das nicht?«

Beschämt blickte er zu Boden und versuchte, das Thema zu wechseln: »Wurdest du wegen dieser Aufnahme Fotografin?«

»Auch. Und wegen Mutter. Ich habe sie gezählt, Kurt. Ich besitze ganze neun Fotos, die meine Mutter zeigen. Neun! *Sie* war die Fotografin, verstehst du?«

Warum hängt keines der Fotos an der Wand? Das war die Frage, die Kurt nicht zu stellen wagte. Er war sich ziemlich sicher, Katy würde sie als »falsche Frage« zurückweisen.

»Komm«, sagte sie und deutete aufs Bett. Warum hatte eine alleinstehende Frau wie sie nur ein schmales Einzelbett?

Katy öffnete die oberste Schublade einer altmodischen Kommode, entnahm ihr einen Umschlag und setzte sich neben Kurt aufs Bett. Behutsam zog sie einige Fotos heraus und reichte ihm das erste wortlos. Die Frau war zweifellos ihre Mutter und das Mädchen auf ihrem Schoss Katy.

»Wie alt warst du damals?«

»Vier oder fünf, schätze ich.«

Ihre Mutter sah fast genauso aus wie Katy, nur noch schöner. Sie wirkte weicher. Und zierlicher. Wie eine femininere Version von Katy.

»Eine wunderschöne Frau«, sagte Kurt und reichte das Foto zurück. Katy lächelte und zeigte ihm der Reihe nach alle neun Bilder, ihren größten Schatz.

»Wie hießen deine Eltern eigentlich?«

»Marlene und Peter.«

»Ein eleganter und ein bodenständiger Name.«

»Die Namen passten bestens zu ihnen«, meinte Katy. Dann sank sie von einer Sekunde zur andern in sich zusammen und sagte mit tonloser Stimme: »Ich vermisse sie so.«

Kurt legte den Arm um sie und schaute sie lange von der Seite an, wie sie ins Leere starrte. »Willst du von deiner Mutter nicht auch ein Bild an die Wand hängen?«

»Das würde ich gerne.« Mit einem tiefen Seufzer wandte sie sich wieder Kurt zu. »Aber diese neun Fotos sind das Wichtigste, was mir von ihr geblieben ist. Ich will nicht riskieren, dass sie im Sonnenlicht ausbleichen.«

»Dann sind die Negative wohl nicht mehr vorhanden?«

»Nein. Die hat meine Mutter nie aufbewahrt. Zum Glück sind es lauter Schwarzweiß-Bilder. Farbfotos hätten die Jahre vielleicht nicht so gut überdauert.«

»Du könntest doch ein Foto abfotografieren und dann vergrößern?«

»Das wäre nicht dasselbe. Das wäre nicht mehr das Original.«

»Das Original? Seit wann gibt es bei Fotos Originale?«

»Wenn keine weiteren Abzüge und keine Negative existieren, darf man sicher von einem Original sprechen.«

»Du hast recht«, sagte Kurt und dachte daran, dass Katy das eigentliche Original nie mehr würde umarmen können.

»Kurt?«

»Hm?«

»Du kannst deinen Arm jetzt wieder runternehmen.«

»Oh«, sagte er wie ein ertappter Schuljunge und ließ Katy los.

»Guck nicht so schuldbewusst. Es ist alles okay«, lachte sie, stand auf und legte den Umschlag mit den Fotos ihrer Mutter wieder in die Kommode. »Lass uns ins Studio runtergehen. Ich möchte dich fotografieren.«

»Lieber nicht«, wehrte Kurt ab. »Ich bin nicht fotogen.«

»Jeder Mensch ist fotogen. Aber vielleicht fühlst du dich nicht wohl im Studio.«

»Das ist es. All die Scheinwerfer und so.«

»Dann gehen wir in den Garten.«

»In den Garten?«

»Ja, es ist noch hell. Bitte, mach mir die Freude.«

Kurt blickte zur Decke hoch, drehte sich einmal um die eigene Achse, schaute zu Boden. »Katy, ich werd nicht gern fotografiert.«

»Wieso? Glaubst du, die kleine schwarze Kiste werde dir die Seele rauben?«

»Nein. Aber …«

»Was aber?«

»Es ist mir halt irgendwie unangenehm.«

»Bitte, Kurt, gib mir eine Chance. Nur ein einziges Polaroidfoto, bitte. Wenn du es schlecht findest, werde ich dich nie wieder bitten. Falls du es jedoch gut findest, lässt du mich ein paar Aufnahmen machen. Okay?«

»Und wenn ich das Foto wirklich schlecht finde?«

»Dann war's das.«

»Ehrlich?«

»Ehrlich.«

»Also gut.«

Katys Gesicht leuchtete auf wie ein Kind, das die Spielwarenabteilung betritt. Sie rannte ins Studio hinunter, kam wenig später mit einer Polaroidkamera und einer Leica M5 zurück und zog mich an der Hand in den Garten hinaus. »Wo möchtest du stehen?«

»Kann ich auch sitzen?«

»Sicher. Nimm dir einen Gartenstuhl.«

Kurt schnappte sich einen der alten Eisenstühle, deren Lehnen und Sitzflächen aus rot gestrichenen Holzleisten bestanden. Die Farbe war am Abblättern. Er stellte den Stuhl unter den alten Zwetschgenbaum, dem ein mächtiger Ast abgebrochen war. Es sah fast so aus, als stützte sich der knorrige Baum mit einem Arm ab, um nicht umzukippen. Ohne ein Wort setzte sich Kurt auf den Stuhl.

»Was kommt dir als Erstes in den Sinn, wenn du an deine Kindheit denkst?«, fragte Katy.

»Viel. Schwimmbad, Schleckzeug, Wald, Maikäfer fangen, Radfahren, Cowboy und Indianer spielen, Comics lesen, Schule, der erste Kuss …«

»Der erste Kuss? Wie alt warst du damals?«

»Elf. Sie war zwölf und fast einen Kopf größer als ich.«

»Nicht schlecht. Und wie hast du sie rumgekriegt?«

»Gar nicht. Ein Freund hat sie für mich gefragt.«

»Ach? Und wie war der Kuss?«

»So wunderschön, dass ich seither jeden Tag mindestens hundert Küsse will. Aber damals ahnte ich noch nicht, wie viel Schmerzen damit verbunden sind.«

»Haben dir viele Frauen wehgetan?«

»Geht so. Meist war ich derjenige, der ihnen wehtat.«

»Warum?«

»Sag mal«, unterbrach Kurt, »soll das ein Verhör sein? Ich dachte, du willst mich fotografieren.«

»Ist längst geschehen.«

»Im Ernst? Und was soll die Fragerei?«

»Das hilft mir, den Menschen abzubilden und nicht nur seine Hülle.«

»Lass mal sehen.«

»Das Pola ist noch nicht ganz so weit«, sagte Katy, ging zu Kurt und kauerte neben den Stuhl. Es war keines dieser Polaroid Bilder, bei denen man zusehen kann, wie die Farben und Umrisse nach und nach aus dem Nichts zum Vorschein kommen. Die Entwicklung fand im Verborgenen unter einem Deckblatt statt. Nach einer Weile zog Katy es vorsichtig ab und hielt Kurt das Bild hin.

Es war schwarzweiß. Ihm war gar nicht bewusst, dass es auch Schwarzweißfilme für Polaroidkameras gibt. Dort, wo das Deckblatt angeklebt gewesen war, war eine unregelmäßige schwarze Umrahmung entstanden.

Das Bild war unglaublich. Kurt schaute zwar ins Leere, aber seine Augen funkelten regelrecht. Auf den ersten Blick wirkte er glücklich oder in freudiger Aufregung. Auf den zweiten Blick konnte man indes auch Melancholie und Enttäuschung, ja sogar ein bisschen Bitterkeit ausmachen.

»Und? Gefällt es dir?«

»Wie hast du das nur gemacht? Das ist das erste Foto meines ganzen Erwachsenenlebens, auf dem ich mich selber wiedererkenne.«

»Ich nehme das als Einverständnis, dass ich nun die Porträt-Serie machen kann.«

Ohne seine Antwort abzuwarten, trat sie wieder ein paar Schritte zurück. Diesmal nahm sie die Leica zur Hand.

»Und? Warum hast du den Frauen wehgetan?«, nahm sie das Gespräch wieder auf.

»Weil ich mit vielen schlief, ohne sie zu lieben. Sobald ich genug hatte, suchte ich das Weite.«

»Ein Don Juan. Du bist ein Don Juan! Und warum bist du so geworden?«

»Keine Ahnung.« Ihm gefiel die Richtung, die das Gespräch nahm, gar nicht. Unruhig rutschte er auf dem Stuhl hin und her und sagte das Falscheste, was man in diesem Moment sagen konnte: »Aber das ist Vergangenheit. Heute bin ich ganz anders.«

»Ja, genau«, kicherte Katy und drückte weiterhin alle paar Sekunden auf den Auslöser, während sie ihn umkreiste wie eine Raubkatze.

»Katy, ich liebe dich.«

Wie in Zeitlupe sank die Hand mit der Kamera, bis der Arm scheinbar leblos an ihrem Körper hing. Mund und Augen weit aufgesperrt starrte sie Kurt an. Eine kleine Ewigkeit verging, vertont von Grillen, im Wind raschelndem Laub und dem Rauschen der nahen Hauptstraße.

Auf das matte Geräusch der in den Rasen gefallenen Leica folgte Katys Ausbruch: »Du Idiot! Kapierst du eigentlich überhaupt nichts? Ich will keinen Mann! Und schon gar keinen Don Juan!«

»Ich war doch bloß so drauf, weil ich nie die Richtige fand. Du bist die Richtige, Katy!«

»Ich bin die Falscheste, die du dir überhaupt vorstellen kannst!«

»Warum sagst du so etwas?«

»Das ist das Problem, Kurt. Du verstehst überhaupt nichts!«

»Dann erklär's mir!«

Mit einem tiefen Seufzer wandte Katy sich ab und ging zurück zum Haus. Er wollte ihr folgen, doch er fühlte sich wie in dem Albtraum, wo man verfolgt wird und fliehen will, aber nicht vom Fleck kommt. Er klebte auf dem Stuhl. Die Dämmerung kroch aus dem feuchten Gras langsam seine Beine hoch. Unfähig, sich zu bewegen, saß er da, bis die Dunkelheit ihn fast vollständig eingehüllt hatte. Dann kam eine Gestalt aus dem Haus. In seiner Nähe bückte sie sich, hob die Kamera auf und schraubte sie auf ein Stativ.

»Schüttle den Kopf«, befahl Katy, »so, als ob du stumm Nein sagen würdest.«

Er gehorchte. Die Kamera klickte. Eine knappe Minute später klickte es ein zweites Mal.

»So, fertig«, sagte sie. »Du kannst jetzt gehen.«

»Katy, bitte!«

»Ich ruf dich an, sobald die Abzüge fertig sind.«

Ihre Stimme duldete keinen Widerspruch. Er war überrascht, dass er aufstehen und einen Fuß vor den andern setzen konnte.

»Willst du Apfelstücke?«

Erstaunt über das Angebot schaut mich Yvette mit großen dunklen Augen an. Dann nickt sie. Ich halte ihr die Hand mit den Stücken hin, die meine Mutter geschnitten hat. Yvette greift zu und steckt sich ein Apfelstück in den Mund. Als ihr der Saft übers Kinn rinnt, müssen wir beide kichern.

Ich halte ihr die Hand noch einmal hin und sage: »Nimm zwei.«

Wir sitzen auf den Stufen vor ihrem Reihenhäuschen. Sie legt die beiden Apfelstücke auf ihren gebräunten Oberschenkel, die Innenseite des herausgeschnittenen Kerngehäuses aneinander. »Wie sieht das aus?«, fragt sie mich und schaut mir keck in die Augen. Ihre dunkelbraunen Locken streicheln ihre Stirn, Ohren und Schultern.

Ich zucke mit den Schultern, da ich nur die Umrisse sehe, einen flachgedrückten Kreis mit Loch in der Mitte.

»Das ist eine Muschi«, sagt Yvette kichernd.

Ich wende mein Gesicht ab, damit sie nicht sieht, wie ich rot werde, und sage, so gelassen es geht: »Das sind bloß Apfelstückchen.«

»Hihi! Du weißt eben nicht, wie eine Muschi aussieht.«

»Sicher weiß ich das«, gab ich ärgerlich zurück. »Denkst du, ich hätte meine Schwester noch nie nackt gesehen? Und es sind eben doch bloß Apfelstückchen.«

»Genau«, lacht Yvette und steckt beide gleichzeitig in den Mund. Ich schaue sie wieder an und stecke die letzten drei Stücke auch alle aufs Mal in meinen Mund. Wir mampfen

und schmatzen und müssen lachen, weil uns Apfelstückchen aus dem Mund fallen.

Wir lachen immer wilder und verrückter, bis sie ihre Stirn an meine Schulter legt und stöhnt: »Ich kann nicht mehr.«

Noch bevor ich wünschen kann, dass sie ihren Kopf nie mehr wegnimmt, sitzt sie wieder aufrecht neben mir und sieht mir vergnügt in die Augen.

»Was ist los mit dir?«, will sie wissen. Als ich keine Antwort gebe, stößt sie mir den Ellbogen in die Seite: »Nun sag schon.«

»Nichts. Was soll schon los sein?«

»Na, du hast eben gerade so aus der Wäsche geguckt, als ob jemand gestorben wäre.«

»Hab ich nicht.«

»Hast du doch.«

»Lass mich in Ruhe!«

»Nun sag schon!«

»Du sollst mich in Ruhe lassen!«

»Dann spiel ich nie mehr mit dir.«

»Dann halt.«

Jetzt sieht sie mich an, als ob jemand gestorben wäre. Es tut mir weh, sie so zu sehen, aber ich weiß beim besten Willen nicht, was sagen.

Wortlos steht sie auf, geht ins Haus und lässt die Tür hinter sich ins Schloss fallen.

Ich steh auch auf und schlurfe lustlos heimwärts. Ich frage mich, ob mein Freund Stephan doch recht hat, wenn er behauptet, alle Mädchen seien doof. Ausnahmslos alle.

7

Das Foto war ein Schock. Zum ersten Mal den eigenen Kopf derart verschwommen zu sehen, wirkte wie ein Sturz ins Bodenlose. Als Kurt das Foto in die Hand nahm, tastete er unwillkürlich sein Gesicht ab, als müsste er sicherstellen, dass es noch da war.

Seine ersten Gedanken waren: Das ist ein Pilz. Nein, ein Planet. Oder ein Meteor.

Durch das Kopfschütteln war auf der Schwarzweiß-Fotografie ein fast kugelförmiges Gebilde entstanden, das nicht mehr viel mit seinem länglichen Schädel zu tun hatte. Das Ding wirkte gleichzeitig diffus und klar. Wie eine Steinkugel mit einer Nebelaura. Im oberen Drittel war ein schmales dunkles Band auszumachen. Seine Augen.

»Und?«, fragte Katy nach einer Weile.

»Schrecklich«, sagte Kurt. »Als hättest du mir meine Identität gestohlen.«

»Fast alle reagieren im ersten Moment so. Lass es noch eine Weile auf dich wirken. Ich geh unterdessen Kaffee machen.«

Fast zwei Wochen lang hatte er nichts mehr von Katy gehört. Er wagte nicht, sie anzurufen. Sein inneres Warnsystem hielt ihn davon ab. Aber es war keine Minute vergangen, in der er nicht an sie gedacht hätte.

Heute Mittag rief sie an und bestellte ihn für einundzwanzig Uhr zu sich. Das war alles. Kein Smalltalk, nichts. Nun saß er in ihrem Wohnzimmer auf dem

Sofa und starrte das Porträt an, das sein verwischtes Gesicht zeigte.

Nach der anfänglichen Ablehnung empfand er nun eine gewisse Genugtuung darüber, dass die Aufnahme weitaus lebendiger wirkte als traditionelle Porträtaufnahmen, die eingefrorene Gesichter zeigen, nur eine 125stel-Sekunde einer Biografie.

Diese Aufnahme zeigte immerhin eine Minute. Und Bewegung.

Es fiel Kurt immer noch schwer, sich in dem Bild wiederzuerkennen, aber es gefiel ihm, dass sein Kopf von innen heraus zu leuchten schien. Wie ein Gasplanet.

Das gleiche Leuchten entdeckte er in Katys Gesicht, als sie mit zwei großen Tassen Kaffee aus der Küche zurückkam. Ihr sanftes Lächeln wirkte sowohl motivierend, als auch rätselhaft. Nicht einzuordnen wie Mona Lisa, das berühmteste Lächeln der Welt. Zwar verstand er das ganze Aufheben um das Gemälde nie. Mona Lisa gefiel ihm nicht, und er nahm sie gar nicht lächelnd wahr, sondern wie eine Frau, die widerwillig stillsitzen musste. Der Künstler, der sie malte, schien sie in keiner Weise zu beeindrucken. Mona Lisa war eine Welt für sich, die schon Bild war, lange bevor Da Vinci sie mit Pinselstrichen festgehalten hatte.

Katy stellte die Tassen auf den Tisch, setzte sich neben Kurt aufs Sofa und lächelte ihn aufmunternd an.

»Ein Schluck Kaffee ist jetzt genau das Richtige«, sagte er, um alles, was eigentlich gesagt werden musste, noch ein wenig aufzuschieben. Er genoss das Gefühl, wie der heiße Kaffee in seinen Magen hinunter rann.

Die Vorstellung, dass etwas von außen in ihn hinein gelangen kann, empfand er sonst immer als tröstlich. In diesem Augenblick schmeckte es nur bitter.

»Puh! Starker Kaffee«, sagte er.

»Ja. Willst du noch mehr Milch?«

»Nein, danke. Geht schon.« Ihn irritierte, wie schwer es ihm fiel, Katy direkt in die Augen zu sehen. Als ob er ein schlechtes Gewissen hätte. Das erklärte wohl auch, weshalb er wieder nicht auf den Punkt kam, sondern fragte: »Und wo sind die anderen Fotos?«

»Welche anderen Fotos?«

»Du hast doch noch andere Fotos gemacht, bevor …«

Falls ihr die Frage unangenehm war, ließ sich Katy nichts anmerken. Stattdessen erklärte sie lächelnd, die hätte sie noch nicht vergrößert.

»Katy?«

»Ja?«

»Ich kann nicht *nicht* darüber reden. Es geht nicht.«

»Du hast es versprochen, Kurt. Das war die Abmachung. Kein Wort mehr über Liebe, sonst wirst du mich nie wieder sehen.«

»Ich kann nicht.«

Minutenlang sahen sie einander stumm in die Augen. Jeden Moment rechnete er damit, fortgeschickt zu werden. Doch Katy blieb stumm.

Nach und nach begann er ihren inneren Kampf zu spüren. Äußerlich war sie zwar völlig unverändert, doch die Luft um ihren Körper schien zu flimmern wie an einem heißen Sommertag.

Endlich begriff er, dass es tatsächlich nicht um ihn ging. Hier ging es einzig und allein um Katy. Er rechnete mit allem Möglichen, aber definitiv nicht mit dem, was sie schließlich sagte. Jedes Wort schien für sie schwer zu sein wie ein Felsbrocken, nach dessen Hinstellen sie einige Sekunden verschnaufen musste.

»Kurt – ich – liebe – dich – auch, aber wir können nicht zusammenkommen. Es – geht – nicht.«

Indem sie ihren Blick senkte, schien ihr ganzer Körper in sich zusammenzufallen und Kurt in einen bodenlosen Abgrund mitzureißen. Er war völlig perplex und dachte etwa zehnmal »warum nicht?«, bevor er die Frage tatsächlich aussprach. Viel lauter und verzweifelter, als er beabsichtigt hatte. »Warum nicht?«

Als sie keine Anstalten machte zu antworten, fragte er, so ruhig er konnte: »Und du liebst mich wirklich?«

Ohne aufzusehen, nickte sie.

Er wusste nicht, ob er weinen oder lachen sollte. Die Sekunden verstrichen quälend langsam. Schließlich rutschte er zu Katy hin und nahm sie in seine Arme. Sogleich spannte sich ihr ganzer Körper an. Trotzdem hielt er sie einfach fest. Nach ein, zwei Minuten entspannte sie sich etwas und legte ihre Arme auch um ihn.

Innerlich frohlockte er, doch der Augenblick währte nur kurz. Denn ihr Körper begann zu zittern, und ihm wurde klar, dass sie weinte. Zuerst ganz still und leise, dann immer lauter und hemmungsloser, bis ihr Heulen gar nicht mehr menschlich klang.

Irgendwann verwandelte sich ihre Trauer in Wut, und sie schlug ihre Fäuste mit aller Kraft auf seinen Rücken, ohne sich dabei aus seiner Umarmung zu winden.

Als das Wutgeheul und die Schläge sie erschöpft hatten, fühlte sich ihr Körper nur noch wie ein schlaffer Mehlsack an.

Mit sanftem Druck brachte er sie dazu, sich mit ihm hinzulegen. Nach wie vor hielt er sie fest an sich gedrückt. Völlig erschöpft brachte sie ein paar Worte hervor, die er nur verstand, weil ihr Mund so nah an seinem Ohr war: »Es geht nicht.«

Instinktiv spürte er, dass es besser war, ihr nicht zu widersprechen. Stattdessen küsste er sie. Zart und ohne jedes Drängen berührte er mit seiner Zungenspitze ihre trockenen Lippen. Sie ließ es geschehen, hielt jedoch ihren Mund geschlossen.

Vor den Bergen liegt der dunkelblaue See. Vor dem See stehen blühende Obstbäume in einer Wiese, die von gelbem Löwenzahn übersät ist. Kein Mensch oder Tier sind auf diesem Gemälde zu sehen, das über unserem Sofa hängt.

Ich spüre die Tränen gar nicht mehr, nur noch die Kopfschmerzen. Pochend, dumpf, gnadenlos.

Niemand ist hier, der mir hilft. Ich liege völlig allein auf dem weinroten Sofa. Es ist ein stickig heißer Sommernachmittag. Ab und zu erklingt das monotone Brummen eines Propellerflugzeugs, das über unser Haus fliegt.

Als ich vom Fußballspielen durch den Garten heimkehrte, stand die Glastür zum Wohnzimmer leicht offen, aber meine Mutter war weg. In der Küche fand ich einen Zettel. Sie ist beim Coiffeur. Das dauert lange.

Ich liege völlig allein auf dem Sofa, schaue in die Frühlingslandschaft auf dem Bild und sage laut: »Lieber Gott, warum hilfst du mir nicht?«

Stille. Auch das Geschrei der Fußball spielenden Kinder draußen ist verstummt. Wahrscheinlich sind alle nach Hause gegangen, um ihren Hunger und Durst zu stillen. Mir kommt es eher so vor, als seien alle verschwunden, nicht nur die Kinder, alle Menschen. Ich bin noch der einzige lebende Mensch in einer ausgestorbenen Welt. Mein einziger Begleiter ist der Schmerz.

Der Schraubstock, in dem mein Kopf steckt, drückt noch mehr zu. Stechende Blitze zucken durch meinen Schädel. Aber ich weine nicht mehr. Es nützt eh nichts. Ich werde ganz allein hier auf diesem weinroten Sofa sterben und in dieses graue Nichts stürzen, das immer näher kommt.

So nahe war ihm Katy noch nie. Eng umschlungen lagen sie auf ihrem grauen Sofa. Doch Katy schien weit weg zu sein. In einer Welt, zu der nur sie allein Zugang hatte.

Es fiel Kurt extrem schwer, nicht zu sprechen und die Situation so zu akzeptieren, wie sie war. Mit diesen Worten, die ihn quälten: Es geht nicht.

Alles in ihm wehrte sich dagegen. Er wollte kämpfen, er wollte erobern, er wollte besitzen. Doch etwas hielt ihn zurück. Eine Ahnung, dass ein einziges Wort alles für immer kaputt machen könnte.

Er wusste nicht, wie lange sie so dalagen. Vielleicht eine halbe Stunde, vielleicht länger. Er spürte die ganze Zeit, wie Katy mit Worten rang, bis sie endlich mit leiser Stimme begann: »Kurt, du musst mir versprechen, dass du zu keinem Menschen ein Wort darüber sagst, was du heute von mir erfährst.«

Nachdem er genickt hatte, fuhr sie fort: »Wir können kein Paar werden, weil ich keine Frau bin. Nicht so, wie du dir eine Frau vorstellst. Ich kann auch keine Kinder kriegen.«

»Das macht nichts.« Er hätte sich die Zunge abbeißen können. Wie konnte er nur so blöd sein? Zum Glück nahm sie es ihm nicht übel.

»Ja, es macht nichts«, sagte Katy tonlos. »Nicht mehr. Ich habe mich damit abgefunden, dass nach mir nichts mehr kommt, dass unsere Familie, unsere Linie einfach endet. Ich bin eine lebende Sackgasse.«

Unwillkürlich strich er ihr übers Haar wie einem Kind, das Trost braucht. Auch diese Geste fühlte sich sofort falsch an, doch Katy meinte: »Bitte hör nicht auf. Ich mag das.«

Sie schloss ihre Augen und fuhr nach einer Weile fort: »Es fällt mir schwer, alles zu erzählen, weil ich mir vorgenommen hatte, es für immer zu verbergen. Doch dann kamst du.«

Sie öffnete ihre Augen und versuchte zu lächeln. »Ich bin keine normale Frau, Kurt. Das, was ich zwischen den Beinen habe, ist nicht das, was du erwartest.«

»Hast du einen Penis?«

»Nicht ganz. Für einen Penis ist es zu klein, für eine Klitoris zu groß. Etwa drei Zentimeter.«

»Das stört mich doch nicht. Ich liebe dich, nicht das, was du zwischen den Beinen hast.«

»Das ist nett, aber das habe ich schon mehr als einmal zu hören bekommen. Trotzdem ging es am Ende immer genau darum, was zwischen meinen Beinen ist. Oder nicht ist. Meine Vagina ist viel zu eng und bloß vier Zentimeter tief. Das verunmöglicht jeden Geschlechtsverkehr. Verstehst du?«

»Kannst du denn einen Orgasmus haben?«

»Ja, schon.«

»Mehr braucht es doch nicht. Wenn wir beide einen Orgasmus haben können, dann ist die Voraussetzung für schönen Sex doch gegeben.«

»Ach, Kurt. Am Anfang wird es dir vielleicht sogar gefallen, aber früher oder später wirst du den Geschlechtsverkehr vermissen. Glaub mir, es ist allen Männern so ergangen, die es mit mir versucht haben.«

»Ich bin nicht wie alle andern. Außerdem, sollte der Drang, meinen Schniedel mal irgendwo rein zu stecken, zu groß werden, kann ich vermutlich einen hübschen Hintereingang finden.«

»Sicher, aber der ist nur für Dienstboten. Nein, im Ernst, es geht nicht, Kurt. Punkt.«

»Gib mir eine Chance. Gib *uns* eine Chance.«

»Nein, Kurt. Ich will nie mehr verlassen werden wegen dem, was ich bin. Ein Hermaphrodit.«

»Vielleicht liebe ich dich ja genau deswegen. Vielleicht bist du der einzige Mensch auf dem ganzen Planeten, den ich wirklich lieben kann. Du kannst dir gar nicht vorstellen, wie sehr ich mich danach sehne, eine richtige Beziehung einzugehen. Ich habe genug von all diesen Affären und Abenteuern. Ich will eine Partnerin. Ich will dich.«

»Lieber Kurt«, seufzte Katy, »ich glaube dir, dass du mich willst. Aber ich glaube nicht, dass du mich für den Rest deines Lebens willst.«

»Oh doch, ich möchte mit dir alt werden. Mit dir und keiner anderen.«

»Das wünschst du dir vielleicht, aber es wird alles anders kommen.«

»Bitte, Katy, gib mir eine Chance. Ich verspreche dir, ich werde dich nie verlassen, was auch zwischen uns passiert.«

Sie sah ihn mit großen Augen an, nickte erst und schüttelte dann den Kopf: »Du solltest nichts versprechen, was du nicht halten kannst.«

»Das tu ich nicht. Ich werde das Versprechen halten. Ich bleibe für immer bei dir, wenn du mich lässt.«

Plötzlich lachte sie ihr entwaffnendes Lachen und warf die Arme theatralisch in die Luft: »Oh, Kurt! Du bist ja ein richtiger Romantiker!«

Anstatt zu antworten, legte er sich auf sie und versuchte, sie zu küssen. Reflexartig stieß sie ihn mit solcher Wucht von sich, dass er vom Sofa fiel und unsanft auf dem Parkett aufschlug.

»Oh, Kurt. Entschuldige! Das wollte ich nicht. Hast du dir wehgetan?«

»Allerdings«, sagte er und rieb sich den Hinterkopf.

»Komm und leg dich wieder zu mir. Bitte.«

»Wehe, du stößt mich noch einmal runter!«

»Sicher nicht.«

»Du solltest nichts versprechen, was du nicht halten kannst.«

Statt zu antworten, umarmte und küsste sie ihn. Doch plötzlich sprang sie auf, rannte in die Küche und rief immer wieder: »Nein! Ich werd es bereuen! Ich werd es bereuen!«

Kurt hörte, wie Geschirr zerbrach, dann kehrte Stille ein. Als er in die dunkle Küche trat, fand er Katy inmitten eines Scherbenhaufens sitzen. Sie weinte leise vor sich hin.

Er schob die Scherben mit den Füßen beiseite und nahm sie in seine Arme. »Ich werde immer für dich da sein, so wie ich jetzt in diesem Augenblick für dich da bin.«

»Wehe, du lügst!«

»Stimmt es, dass du Rita geküsst hast?«, will Yvette wissen.

»Sicher nicht.«

»Warum erzählt Stephan es dann überall rum?«

»Weil er ein Idiot ist, darum.«

Yvette schaut mich misstrauisch an. Wir sitzen auf der Bank, die unter dem Nussbaum auf der Spielwiese unserer Siedlung steht.

»Stephan behauptet, du seist in Rita verliebt.«

»Warum sollte ich in Rita verliebt sein? Rita ist ein halber Junge.«

»Hm«, sagt Yvette. »Also, wenn du in mich verliebt bist, kannst du mich küssen.«

»Jetzt?«

»Ja, jetzt.«

Da sie die Augen schließt, schließe ich meine auch und drücke ganz sanft meine Lippen auf ihre. Als sie ihre Arme um meinen Hals legt, lege ich meine um ihren Rücken.

Irgendwie wirken Yvettes Lippen weicher und zarter als Ritas. Ihr Kuss ist noch schöner. Von mir aus kann er noch tagelang dauern. Mit der linken Hand streichle ich ihren Rücken, mit der rechten ihr dichtes Haar. Kurz darauf spüre ich ihre Fingerspitzen, wie sie zärtlich meinen Hals kraulen. Das bringt mich fast um den Verstand. Die ganze Welt um uns herum verschwindet. Es gibt nur noch uns. Nicht einmal der Nussbaum existiert noch. Nur unser Kuss und unsere Umarmung.

»Was hast du?«, fragt Yvette plötzlich.

»Nichts. Wieso?«

»Du stöhnst so komisch.«

»Wirklich? Das hab ich gar nicht gemerkt.«

»Willst du mal mit Zunge?«

»Mit Zunge?«

»Ja, ein Zungenkuss eben.«

Ich habe keine Ahnung, was sie meint, sage aber trotzdem ja. Sofort schließt sie wieder ihre Augen und presst ihre Lippen auf meine. Diesmal schiebt sie allerdings noch ihre Zunge in meinen Mund. Das Gefühl ist abscheulich. Als ob eine Nacktschnecke in meinen Mund kröche.

»Nein«, sage ich, »das will ich doch nicht.«

»Aber du hast ja gesagt.«

»Ich weiß. Ich hab mich eben geirrt.«

»Küsse ich schlecht?«

»Überhaupt nicht. Du küsst tausendmal besser als Rita, aber Zungenküsse mag ich nicht.«

»Du hast gesagt, du hättest Rita nicht geküsst!«

Ich Trottel, habe mich verplappert.

»Du bist ein blöder Lügner!«, schreit Yvette wütend. »Du bist so ein Arschloch! Ich werde nie mit dir gehen!«

»Yvette, bitte, ich …«

»Halt die Schnauze! Du kannst mich mal!« Weinend vor Wut springt sie auf und rennt davon.

Wie kann man nur so blöd sein? Geschieht mir ganz Recht, denke ich. Aber es ändert nichts daran, dass es unheimlich wehtut.

Ich bleibe noch lange auf der Bank unter dem Nussbaum sitzen und stelle mir vor, dass Tränen über meine Wangen laufen.

8

»Ich lüge ganz sicher nicht, Katy.«

»Wenn ich das nur glauben könnte«, seufzte sie. »Ich bin nicht normal, Kurt. Ich bin weder Frau noch Mann, ich bin irgendetwas Drittes. Zwischengeschlecht nennen es die Leute. Intersexuell, intergeschlechtlich, Hermaphrodit, Zwitter. Lauter hilflose Versuche, etwas zu benennen, das nicht sein sollte. Ich bin ein Irrtum der Natur.«

Sie schmiegte sich an ihn und schaute ihm tief in die Augen: »Vielleicht musst du noch lange Geduld haben, Kurt, bis wir zum ersten Mal Sex haben. Kannst du dich ein paar Wochen lang mit Schmusen begnügen?«

»Solange du willst. Ich bin ein großer Schmusekater.«

»Mmh, das wollen wir doch gleich mal ausprobieren.«

Während sie sich auf dem Küchenboden küssten, bemühte er sich, seine Hände von ihren intimsten Stellen fernzuhalten. Ihm war klar, dass es ihm in keiner

Weise zustand, die Führung zu übernehmen. Hier wurde entweder nach Katys Regeln gespielt oder gar nicht. Was ihn bei jeder anderen Frau gestört hätte, gefiel ihm nun sogar. Es war richtig befreiend, einmal die Führung abzugeben.

»Kurt?«, sagte Katy nach einer Weile.

»Hm?«

»Ich möchte dir zuerst Fotos von meinem Geschlecht zeigen.«

»Bist du verrückt? Das ist doch nicht nötig.«

»Doch. Ich stelle mir vor, es wäre weniger schlimm, solltest du mich wegen Fotos zurückweisen.«

»Das ist doch Quatsch! Ich weise dich nicht zurück.«

»Du hast keine Ahnung, Kurt. Du hast keine Ahnung! Auf jeden Fall werde ich mein Geschlecht fotografieren und dir zeigen. Das muss sein.«

Er wusste, es hatte keinen Sinn zu widersprechen. Also drückte er sie wieder an sich und fuhr fort, sie zu küssen. Dabei versuchte er, sich ihr Geschlecht vorzustellen. Keine richtige Vagina, dafür eine übergroße Klitoris zwischen den Schamlippen. Das schreckte ihn überhaupt nicht ab, sondern stachelte vielmehr seine Neugier an.

»Komm«, sagte Katy plötzlich. »Lass uns ins Schlafzimmer gehen.«

Sie stand auf, bot ihm die Hand und zog ihn mit gespielter Anstrengung vom Küchenboden hoch. Scherben knirschten unter seinen Sohlen.

»Und diese Sauerei?«

»Räum ich morgen weg«, sagte Katy und zog ihn aus der Küche, die Holztreppe hoch und in ihr Schlafzimmer. Dort ließ sie seine Hand los, sprang übermütig aufs Bett und streckte die Arme nach ihm aus: »Komm!«

In diesem Moment sah sie glücklich aus. Ihre Augen strahlten wie die eines kleinen Mädchens. Er schwor sich, alles zu unternehmen, ihr Glück dauerhaft zu machen.

Er legte sich zu ihr und begann sie leidenschaftlich zu küssen. Eh er sich versah, wanderten seine Hände überall hin. Als er ihren Busen durch die Bluse streichelte, protestierte sie: »Halt! Kurt, langsam. Zuerst musst du mir etwas versprechen. Wir können uns beide bis auf die Unterhose ausziehen und miteinander unter die Decke kriechen. Aber du musst mir bei Gott versprechen, dass du mir nicht zwischen die Beine fasst.«

»Und wenn ich nicht an Gott glaube?«

»Du glaubst nicht an Gott?«

»Ich zweifle an seiner Existenz. Doch immer, wenn ich denke, es gibt keinen Gott, merke ich, dass meine Zweifel an der Gottlosigkeit noch größer sind.«

»Dann glaubst du doch.«

»Vielleicht.«

»Also versprichst du es? Nicht zwischen die Beine.«

»Versprochen. Aber sag mal, wie war eigentlich deine Kindheit? Wurdest du wegen deiner Andersartigkeit nicht ständig gehänselt?«

»Überhaupt nicht«, antwortete Katy, »weil niemand etwas bemerkt hatte. Ich wuchs als ganz normales Mädchen auf. Erst als meine Mutter kurz vor meinem vierzehnten Geburtstag darauf bestand, mit mir zum Frauenarzt zu gehen, weil ich weder Schamhaare noch Periode bekam, erst da erfuhren wir, was mit mir los war.«

Sie seufzte und erklärte, die Augen des Arztes seien während der Untersuchung immer größer geworden. Schließlich habe er gesagt, es sei kein Wunder, habe sie keine Periode bekommen. Sie habe nämlich gar keine Gebärmutter.

»Der eigentliche Schock war jedoch seine lapidare Feststellung, ich hätte stattdessen Hoden in der Bauchhöhle.«

»Du hast …? Aber wie ist so etwas möglich?«

»Der Arzt erklärte, er vermute, ich sei eine sogenannte XY-Frau. Eine Frau also, die genetisch ein Mann ist. Spätere Untersuchungen bestätigten diese Vermutung.«

»Aber ich habe im Biologie-Unterricht gelernt, aus XY wird ein Mann, aus XX eine Frau.«

»In den meisten Fällen ist das auch so. Die Chance, eine XY-Frau zu werden, ist allerdings recht hoch, immerhin eins zu zwanzigtausend.«

Geduldig erklärte Katy, ihre männlichen Sexualhormone hätten schon während der Schwangerschaft nicht wirken können, da sie keine Rezeptoren dafür habe. Ja, das Testosteron wird sogar in Östrogen umgewandelt. Deshalb seien ihre Hoden im Leistenkanal geblieben, und sie habe sich als Mädchen entwickelt. Die Schamlippen seien in Wirklichkeit leere Hodensäcke und die Klitoris ein Minipenis. Außer dass die Harnröhre wie bei einer Frau unterhalb der Klitoris austrete. Man nenne dieses Phänomen PAIS, Partial Androgen Insensitivity Syndrom.

Bei ihrer Geburt habe man sie für ein Mädchen gehalten. Vielleicht sei die Übergröße ihrer Klitoris damals noch nicht so auffällig gewesen. Niemand habe daran gezweifelt, dass sie ein Mädchen war. Bis zur Diagnose des Frauenarztes.

»Für mich und meine Mutter, die mich begleitet hatte, war das ein großer Schock. Als sie begriff, dass ich ihr nie Enkelkinder schenken würde, brach sie zusammen. Ich vergesse meinen Lebtag nicht, wie ihr fast unmenschliches Geheul mir durch Mark und Bein ging. Der Arzt war sichtlich überfordert mit der Situation und rief die Schwester zu Hilfe. Diese gab meiner Mutter eine Beruhigungsspritze und legte sie in ein Nebenzimmer auf eine Pritsche. Ich setzte mich daneben und sah zu, wie meine Mutter nach und nach erlosch. Sie war danach nie mehr dieselbe wie zuvor. Bis zu ihrem Tod eineinhalb Jahre später. Aber eigentlich hatte sie mich schon an diesem Tag in jener Arztpraxis verlassen. Sie konnte mit der Hiobsbotschaft nicht umgehen.«

Beim nächsten Arztbesuch habe sie daher ihr Vater begleitet. Das sei ein großes Glück gewesen, da er sich entschieden dagegen gewehrt habe, dass seine Tochter zum medizinischen Forschungsobjekt wurde. Ebenso sei er dagegen gewesen, dass ihre Hoden aus der Bauchhöhle entfernt würden, obwohl der Frauenarzt energisch vor Hodenkrebs warnte.

Ihr Vater habe sich danach intensiv mit ihrem Phänomen befasst, alle Bücher zum Thema gelesen, auch für Laien schwer verständliche Fachliteratur. Dabei habe er herausgefunden, dass Krebs bei Hoden in der Bauchhöhle tatsächlich häufiger sei als gewöhnlich, aber immer noch viermal weniger häufig als Brustkrebs. Und Frauen würden ja auch keine Brüste prophylaktisch entfernt.

»Ich bin eine absolute Rarität, Kurt. Wie ein schwarzer Stern. Vielleicht bin ich sogar die einzige nicht operierte XY-Frau der ganzen Schweiz.«

»Ich habe ja schon immer gesagt, dass du etwas ganz Besonderes bist. Doch warum denkst du, gibt es nicht mehr Frauen wie dich?«

»Es gibt sie schon, aber die meisten werden schon als Baby oder Kleinkind erkannt und operiert. Kastriert müsste man eigentlich sagen. Bei manchen wird auch die Scheide künstlich vergrößert und die Klitoris verkleinert. Letzteres ist allerdings sehr riskant, weil dadurch die Fähigkeit, Lust zu empfinden, teilweise oder ganz verloren gehen kann. Es gibt operierte Intergeschlechtliche, die keinen Orgasmus mehr haben können. Du musst wissen, meine Variante von Intergeschlechtlichkeit ist nur eine von vielen. Es gibt rund ein Dutzend verschiedene Abweichungen von der Norm, mal mit weiblichem, mal mit männlichem Erscheinungsbild. Es gibt auch intergeschlechtliche Menschen, die sich für ein Verbot der verstümmelnden Operationen im Kindesalter einsetzen. Sie finden, volljährige Intergeschlechtliche sollen selber entscheiden können, ob und welche Operationen für sie richtig sind. Gewisse Organisationen kämpfen sogar dafür, dass Intergeschlechtlichkeit als drittes Geschlecht anerkannt und im Pass eingetragen wird.«

»Bist du bei so einer Organisation Mitglied?«

»Nein, weil ich mein wahres Geschlecht lieber verstecke. Aber ich unterstütze diese Leute immer wieder mit Geldspenden.«

»Und wenn ich mit dir zusammen so einer Organisation beitrete?«

»Im Moment kann ich mir das noch nicht vorstellen. Vielleicht später einmal. Du, Kurt?«

»Hm?«

»Wir haben immer noch alle Kleider an.«

»Stimmt«, sagte er und begann, Katy auszuziehen.

Es regnet. Ausgerechnet am Sonntag. Aus purer Langeweile blättere ich in einem Buch meines Vaters. »Die Fotografie als Dokument und Fälschung«. Die Abbildungen zeigen, wie historische Schwarzweiß-Fotos verändert wurden. Hitler, Stalin und andere Herrscher ließen Personen, die in Ungnade gefallen waren, aus Fotos entfernen. Wirklich funktioniert hat das wohl nicht, da in dem Buch stets beide Versionen abgedruckt sind, die originale und die retuschierte.

Sofern die Negative nicht vernichtet wurden, konnte man später natürlich neue Abzüge erstellen und auf diese Weise genau sehen, wie getrickst wurde.

Irgendwie frustriert mich das Buch. Wenn nicht einmal mehr Fotos Tatsachen wiedergeben, was soll man dann noch glauben? Wie kann ich wissen, ob ein Foto echt ist oder nicht? Dass bei Hollywood-Schauspielerinnen die Runzeln wegretuschiert werden, geht ja noch. Aber ganze Personen aus Gruppenbildern wegmachen, das ist doch Geschichtsfälschung.

Ich lege das Buch weg, strecke mich auf dem Sofa aus und betrachte die Frühlingslandschaft auf dem Ölbild über mir.

Dort scheint wenigstens die Sonne, während draußen der Regen rauscht.

Bei einem Gemälde erwartet man nicht, dass der Maler die Wirklichkeit exakt abgebildet hat. Gewisse Dinge hat er vielleicht weggelassen, vielleicht einen Zaun im Hintergrund oder einen Kondensstreifen am Himmel. Andere Details hat er vielleicht hinzugefügt oder verändert, zum Beispiel den Himmel blauer gemalt, als er tatsächlich war. Aber das ist ja egal, weil so ein Landschaftsbild ohnehin nur als Zimmerschmuck dient. Wäre ich Landschaftsmaler, würde ich eine störende Hochspannungsleitung auch weglassen. Aber als Fotograf …

Mir fällt ein, dass ich beim Fotografieren schon gewartet habe, bis Wanderer weitergegangen sind, damit ich ein Bild ohne Menschen knipsen konnte. Ich wollte nur die Natur abbilden. Ist das auch schon eine Fälschung?

Wenn ich so darüber nachdenke, muss ich sagen, unser Gedächtnis kann Dinge auch verfälschen. Was vergessen geht, ist aus der Erinnerung wegretuschiert. Ich kann mich zum Beispiel überhaupt nicht mehr an das Gesicht meiner einen Großmutter erinnern, die Mutter meiner Mutter. Nur noch daran, dass sie dick war und ein schwarzes Kleid trug. An den Geruch ihrer Strümpfe erinnere ich mich auch noch. Wahrscheinlich, weil die Strümpfe meiner Mutter ebenso riechen. Einen Geruch kann man nicht fotografieren, und beschreiben kann man ihn auch nicht wirklich. Ich finde, der Geruch ist hellbraun wie die Strümpfe. Beige. Aber nicht etwa beige wie Holz, sondern eben beige wie Damenstrümpfe. Ich mag den Geruch nicht besonders.

Mein Lieblingsgeruch ist Schnee. Ich rieche ihn immer einen Tag, bevor es zu schneien beginnt. Mein zweitliebster

Geruch ist Feuer. Ich mag es, wenn all meine Kleider, meine Haare und Haut nach Rauch riechen. Nur meine Mutter findet das nicht so toll. Mein drittliebster Geruch ist Asphalt nach einem Platzregen im Sommer.

Aber jetzt ist es eher kühl, und es regnet schon den ganzen Tag. Ein Tag, der genauso riecht, wie das Bleigrau des Himmels. In der hintersten Ecke unseres Kellers riecht es so. Eine Mischung aus Erde, Stein, feuchtem Altpapier und Kartoffeln. Ein Tag zum Vergessen.

9

Der Morgen dämmerte. Er setzte sich ganz vorsichtig im Bett auf, um Katy nicht zu wecken. Sie war wunderschön, wie sie so entspannt dalag. Sie schien sogar zu lächeln.

Nach und nach nahm er immer mehr wahr, da sich das Tageslicht ungehindert im Schlafzimmer ausbreitete. Sie hatten vergessen, die Fensterläden zu schließen. Langsam kamen immer mehr Farben zum Vorschein. Es war, als würden die Dinge von Minute zu Minute einen Schattenmantel nach dem andern ablegen. Und je mehr diese grauen Mäntel zu Boden fielen, desto deutlicher zeigten sich die Dinge.

Auch wenn er ihre androgynen Züge sah, fiel es ihm schwer, Katy als etwas anderes als eine Frau zu sehen. Ihre geschwungenen Wimpern, ihre langen Haare, ihre makellose Haut. Ihre Verletzlichkeit im Schlaf brach ihm fast das Herz.

Auch ihre Gestalt wurde immer eindeutiger. Sie lag halb auf dem Bauch, die Decke war bis zu ihren Hüften hinuntergerutscht. Kurt spürte den Impuls, sie höher zu ziehen und auf ihre Arme und Schultern zu legen, gab ihm aber nicht nach. Es war warm. Und er wollte sie noch länger so betrachten. Wie auf einem eben geschossenen Polaroidfoto schälte sich ihre Gestalt aus dem Unbestimmten.

Ihr dunkelbraunes Haar begann zu schimmern. Der Glanz schien aus dem Innern der Locken zu kommen und sich in Kurts Innerem fortzusetzen.

Er konnte Katy nur als Frau sehen. Der Begriff Zwitter widerte ihn an, was er natürlich nie zugeben würde. Und XY-Frau klang für ihn mehr nach einer Verbrecherin, die über die Fernsehsendung »Aktenzeichen XY« gesucht wurde. Intersex. Zwischengeschlecht. Hermaphrodit. All diese Wörter sagten ihm nichts. Für ihn war Katy eine Frau. Keine gewöhnliche Frau zwar, aber eine Frau. Die Frau, die seinen Glauben an die Liebe wieder geweckt hatte.

Kurt wusste, dass diese romantischen Gedanken die eigentliche Wahrheit verschleierten. Er hatte den Glauben an die Liebe gar nie verloren, er dachte bloß, er sei nicht geschaffen für eine Zweierbeziehung. Selbst in diesem Augenblick im Bett neben Katy wusste er nicht, ob er es schaffen würde, ihr treu zu sein. Auch wenn er schon sein ganzes Leben von so einer Beziehung geträumt hatte.

Bei Katy spürte er etwas, das er seit seiner Kindheit nicht mehr gespürt hatte. Es war, als ob er aus seinem Körper heraustreten und Katy umhüllen würde. Oder nein, es war, als würde er sich wie ein voller Wassereimer über ihr ausschütten und gleichzeitig um sie und in sie hineinfließen. Wobei dieses Ausschütten und Fließen nie aufhörten. Der Eimer wurde nie leer. Es passierte ständig, auch jetzt, als er neben ihr im Bett saß und ihr beim Schlafen zusah, schien ihm dieses Ausschütten und Fließen viel realer als das Gefühl, in seinem Körper, in seiner Haut zu stecken.

Katy stöhnte leise und winkelte ihr Bein an. Träumte sie oder begann sie aufzuwachen?

Kurt dachte an den Abend. Daran, wie sie fast nackt eng umschlungen beieinander lagen. Sie schmusten und streichelten einander. Seine Erregung wuchs immer mehr, obschon ihre Hand nie seinen Penis berührte. Allein der Druck ihres Oberschenkels reichte aus, dass er fast gekommen wäre.

Als er merkte, dass auch sie stark auf Druck zwischen ihren Beinen reagierte, begann er damit zu spielen. Er hatte so etwas seit der Pubertät nicht mehr gemacht. Seine Bettabenteuer steuerten sonst immer sehr direkt auf den Geschlechtsakt zu. Mit einer nackten Frau zusammen zu liegen, ohne mit ihr zu schlafen, so etwas kannte er gar nicht mehr.

Die Erinnerung an scheues Fummeln weckte in ihm auch die Erinnerung ans erste Mal, an die ersten Male: den ersten willkommenen Zungenkuss, das erste Streicheln eines Mädchenbusens, das erste Anfassen von Schamhaar, das erste Tasten nach der Klitoris, das erste Mal einen Finger in die feuchte Vagina einführen. Die eigene Erregung damals, das Gefühl, etwas Verbotenes zu tun, das Glücksempfinden dabei.

All diese pubertären Gefühle durchströmten ihn noch einmal. Sie waren so real, als ob Katy tatsächlich sein erstes sexuelles Abenteuer wäre.

Tief in seinem Innern wusste er allerdings: Katy war mehr als ein Abenteuer. Viel mehr.

Gewiss, er wollte mit ihr schlafen, mehr als alles andere, gerade *weil* er wusste, dass es nicht möglich war wie mit anderen Frauen. Aber er spürte, dass es ihm dabei erstmals nicht um Sex ging. Es ging um etwas ganz Anderes.

In ihm formte sich das Wort »Vereinigung«. Sogleich meldete sich Widerstand, weil ihm das Wort zu altmodisch und pathetisch vorkam. Aber es blieb hartnäckig bestehen und leuchtete in ihm: Vereinigung.

Er wusste um seine verborgene romantische Ader. Frauen, die darauf stießen, waren regelmäßig entzückt. Er hingegen schämte sich dafür. Er fand romantische Gefühle unmännlich und versuchte, sie wenn immer möglich zu verbergen. Doch nun hatte er zum ersten Mal Lust, sie zuzulassen und sogar zu zeigen.

Je länger das Wort »Vereinigung« in ihm strahlte, desto mehr kam es ihm vor, als würde er von etwas Großem, Weichem, Zartem umarmt.

Nur eins war ihm nicht klar: Wieso überwältigte ihn diese Sehnsucht nach Vereinigung ausgerechnet bei der Frau, mit der Geschlechtsverkehr nicht möglich war?

»Hey, du bist ja schon wach«, murmelte Katy verschlafen. »Woran denkst du?«

»An uns.«

»An uns?«

»Ja. An letzte Nacht, daran, wie schön es war. Und ich frage mich, wohin unser gemeinsamer Weg wohl führt.«

»Mach dir nicht zu viele Gedanken. Kannst du es einfach auf dich zukommen lassen?«

»Kannst *du* es?«

»Ich versuche es.«

»Gut«, sagte Kurt und umarmte sie. »Ich versuche es auch.«

Überall tropft es von den Bäumen. Der Platzregen war kurz, aber heftig. Der Waldboden dampft. Die Cowboystiefel, die ich vor zwei Jahren zum Geburtstag bekommen habe und mir nun eigentlich zu klein sind, machen bei jedem Schritt glucksende Geräusche.

Eine Amsel schlägt tickernd Alarm. Jetzt wissen alle Tiere, dass ein Eindringling kommt.

Den silbern glänzenden Spielzeugrevolver in der Hand, schleiche ich durchs Unterholz. Das Geräusch der Tropfen umhüllt mich wie ein Tarnmantel. Ich fühle mich vollkommen allein.

Gleichzeitig weiß ich, dass ich mich an Yvette anschleiche. Sie gehört zum Stamm der Apachen und hält sich hinter der doppelstämmigen Eiche versteckt. Der mächtige Baum ist keine zwanzig Schritte mehr entfernt, aber Yvette scheint verschwunden zu sein. Vielleicht hat sie sich in eine Pfütze verwandelt und liegt zwischen den knorrigen Wurzeln der Eiche.

Wieder tickert die Amsel laut. Diesmal fliegt sie auf und zieht von links nach rechts durch mein Blickfeld. Ich ziele mit ausgestrecktem Arm und schieße mehrmals stumm auf sie.

Wäre der Revolver echt, läge die Amsel nun auf dem nassen Waldboden.

Dann hätte die Knallerei aber auch den ganzen Apachenstamm aufgescheucht, und ich würde wahrscheinlich schon bald am Marterpfahl braten.

Wo ist Yvette nur hin? Auch Stephan ist nirgends zu sehen. Alle Kinder sind wie vom Erdboden verschluckt. Als ob ich sie im Geäst finden könnte, schaue ich nach oben.

Die Äste der Buche, hinter der ich mich verstecke, wiegen sich leicht im Wind. Ein großer Tropfen klatscht auf meine Stirn. Jeder halbwegs gute Indianer muss das gehört haben.

Mit angehaltenem Atem blicke ich mich nach allen Seiten um. Niemand.

Ich hole tief Luft und rieche die nasse Buchenrinde. Der Geruch, der mich an die hinterste Kellerecke erinnert, füllt mich komplett aus, bis ich selber ein Baum bin.

So getarnt kann mich niemand entdecken. Ein nasser Baum, von dessen Ästen ein Tarnmantel aus Regentropfen herab fällt. Während ich ganz kurz spüre, wie meine Äste den Himmel berühren, kippt plötzlich die andere Welt wieder herein.

Als ich sie wahrnehme, zieht sich die Lassoschlinge schon um mich zusammen. Yvette und die anderen Apachen lassen ihr Triumphgeheul hören.

Gleichzeitig hebt wildes Geschrei der Cowboys an: »Peng! Peng! Du bist tot!«

»Sicher nicht!«

»Doch! Peng! Ich hab dich genau ins Herz getroffen! Peng! Peng!«

Ich bin überrascht, dass ich mich gar nicht ärgere, weil ich mich übertölpeln ließ. Während Yvette ächzend versucht, mich an die Buche zu fesseln, blicke ich wieder in die grünen Blätter hinauf. Erst jetzt fällt mir auf, wie rasch und tief die Wolken über die Baumkronen hinweg ziehen.

Zwei zeternde Amseln übertönen das Kindergeschrei und machen mich komplett glücklich. Keine Ahnung, warum.

Ein paar Tage waren seit der ersten gemeinsamen Nacht vergangen. Bis auf eine Nacht, als Kurt für eine Theaterpremiere nach Bern musste, wiederholten sie ihre erotischen Entdeckungsreisen Nacht für Nacht. Kurt wohnte praktisch schon bei Katy.

Immer noch galt die vereinbarte Regel. Dennoch hatte er schon zweimal ejakuliert. Das erste Mal war er erschrocken, doch Katy lachte fröhlich. Weil er keine frische Unterhose dabei hatte, musste er nackt in die Jeans schlüpfen.

Letzte Nacht kam auch Katy. Fast stumm. Nur ein leises Aufstöhnen erlaubte sie sich.

»Dass du das kannst, so still.«

»Ich habe noch Hemmungen«, sagte Katy mit gesenktem Blick.

»Das brauchst du doch nicht. Du weißt ja, wir Männer mögen laute Frauen.«

»Ja, aber ich bin keine normale Frau.«

»Hoffentlich nicht.«

Sie lächelte ihn dankbar an und sagte: »Ich liebe dich.«

»Ich liebe dich auch.«

Das war gestern. Heute überraschte sie ihn mit Fotos ihres Geschlechts. Nach dem Nachtessen legte sie die Bilder wortlos auf den Küchentisch und stand auf, um Kaffee zu machen.

Er hatte ihre Ankündigung schon fast vergessen, doch nun lagen diese Schwarzweiß-Aufnahmen vor ihm. Er starrte abwechselnd auf die Fotos und zu Katy, die ihm hartnäckig den Rücken zuwandte.

Nach einer langen Minute nahm er eine der Aufnahmen in die Hand und schaute sie aufmerksam an. Auf den ersten Blick sah diese Muschi nicht anders aus als andere, außer dass sie glatt rasiert war. Er hatte vorher erst eine Frau mit Intimrasur kennengelernt und fragte sich, ob sich da ein neuer Trend anbahnte.

»Hast du dich extra für die Fotos rasiert?«

»Nein. Ich habe kaum Schamhaare. Das ist typisch für PAIS. Das bisschen Schamhaar sieht lächerlich aus. Das rasiere ich schon seit der Pubertät ab.«

Sie stand nach wie vor mit dem Rücken zu Kurt und hantierte mit Wasserkocher und Tassen.

Er konzentrierte sich wieder auf das Bild. Jetzt fiel ihm die rundliche Form der Schamlippen auf, mehr wie Feigen als Apfelstücke. Sie schienen etwas dunkler zu sein als die Haut der Schenkel.

Erst ganz zuletzt fasste er die große Klitoris ins Auge. Anhand der Fotografie die eigentliche Größe der Klitoris zu schätzen, war schwer.

»Ich finde deine Muschi wunderschön.«

»Wirklich?«, fragte Katy und wandte sich ihm wieder zu.

»Wirklich.«

»Hast du alle Bilder angeschaut?«

»Nein, nur das erste.«

»Schau bitte auch die andern an. Ich habe versucht, auch seitliche Aufnahmen zu machen.«

Kurt legte das erste Bild auf den Tisch zurück. Das zweite und dritte unterschieden sich kaum vom ersten. Das vierte zeigte eine leicht seitliche Perspektive. Hier wurde sichtbar, wie die Klitoris ähnlich wie ein Penis vom Unterleib abstand. Nicht ganz so stark, weil sie an der Unterseite an einer Hautfalte befestigt war.

Es gab noch zwei weitere Bilder von der Seite, aber beide waren leicht unscharf.

»Und?«, fragte Katy leise.

»Ich finde deine Muschi immer noch wunderschön. Ich kann es gar nicht erwarten, mit dieser außergewöhnlichen Klit zu spielen. Ich finde, sie passt ideal zu dir. Schließlich bist du auch wunderschön.«

»Das ist lieb, Kurt. Aber es ist wichtig, dass du jetzt nicht einfach nett bist. Es ist wichtig, dass du meinst, was du sagst.«

»Das tue ich, ehrlich.« Er stand auf und nahm Katy in die Arme. Und er konnte spüren, wie sie sich langsam entspannte.

»Hast du keine Farbfotos gemacht?«

»Nein. In Farbe bekommst du meine Muschi nur in Natura zu sehen.«

»Darauf freue ich mich schon.«

»Jetzt gleich oder zuerst Kaffee trinken?«

»Was für eine blöde Frage!«

Zufrieden lächelnd nahm sie ihn an der Hand und führte ihn in ihr Schlafzimmer, als würde er den Weg nicht schon längst kennen. Aber in gewisser Weise war es eben das erste Mal, weshalb die Geste stimmig wirkte. Als er das neue Doppelbett sah, begann sein Herz heftig zu schlagen.

10

Es riecht nach frisch gemähtem Gras, Erde und Junikäfer. Das Fenster ist weit offen, sodass ich dem Gewitterregen zuhören kann. Laut trommeln die Tropfen auf die herzförmigen Blätter der Kletterpflanze, die von unserem Garten bis zum Balkon hinauf wuchert. Mein Fenster geht auf den Balkon hinaus, betreten muss man ihn aber durchs Elternzimmer. Ich liege im Bett und lausche dem Prasseln des Platzregens. Ich liebe es, so einzuschlafen. Plötzlich stehe ich vor unserem Haus. Alles ist wie immer, unser Haus, die drei Tannen davor, der Kehrplatz, die Spielwiese, der Waldrand, und doch stimmt etwas nicht. Ich bin allein. Kein anderer Mensch ist zu sehen. Wind streicht sanft durch die schweren Äste der Tannen, sonst ist es ganz still. Ich stehe vor unserem Hauseingang und blicke Richtung Nachbarhaus. In diesem Moment biegt ein großer Löwe um die Ecke. Er sieht mich und beginnt, in meine Richtung zu rennen. Ich schreie, doch es kommt kein Ton aus meiner Kehle. Ich renne weg und höre den Löwen hinter mir keuchen und schnaufen. Als ich über die Schulter zurückschaue, sehe ich, dass er unmittelbar hinter mir ist. Er zeigt mir die Zähne und setzt zum Sprung an. In dieser Sekunde verliere ich den Boden unter den Füßen. Ich fliege. Rasch steige ich in die Höhe. Die Raubkatze steht auf ihre großen Hinterpfoten und versucht, mich noch zu erhaschen. Erfolglos.

Ich lache, weil ich einen so einfachen Ausweg gefunden habe. Wackelnd wie ein Luftballon, schwebe ich im Wind und segle über den Wipfel der Föhre neben dem Kehrplatz. Der Löwe schüttelt seine Mähne und folgt hechelnd meinem Flug. Nach einer Weile gibt er auf und verschwindet hinter dem nächsten Mehrfamilienhaus, an dessen obersten Balkonen ich nun entlang schwebe. Dann fliege ich eine Schleife um die Eiche beim Haus von Yvettes Familie. Als ich über die Dächer der Einfamilienhäuser hinweg fliege, wird mir noch einmal bewusst, dass ich völlig allein bin. Denn auch aus der Luft kann ich niemanden sehen, nur Häuser und Bäume. Mit einem Schlag vergeht mir der Spaß an meiner neuen Fähigkeit. Was nützt es, der einzige Mensch zu sein, der fliegen kann, wenn niemand da ist, dem ich es zeigen kann? Ich lande auf der Wiese zwischen dem Kehrplatz und unserem Haus. Als ich zwischen den Tannen hindurch auf unser Haus zugehe, höre ich ein Rascheln in den Zweigen, drehe mich um und blicke in die aufgerissene Schnauze des Löwen. Ich will wieder wegfliegen, kann mich aber nicht mehr von der Stelle rühren. Meine Füße sind schwer wie Blei.

Der Pyjama klebt an meinem Körper. Mein Haar ist nass vom Schweiß. Es ist stockdunkel und still. Der Regen hat aufgehört. Ich drehe mich gegen die Wand, lausche der Stille und denke an die Welt, in der ich und der Löwe die einzigen Lebewesen waren. Ich würde schon gerne so wegfliegen können, aber vermutlich hätte ich Angst, plötzlich runterzufallen. Haben Vögel eigentlich nie Angst abzustürzen?

In diesem Moment beginnt ein junges Käuzchen zu rufen. Es muss ganz nah am Waldrand sein. Ein zweites, etwas weiter entferntes Käuzchen gibt Antwort. Ihre nächtliche Unterhaltung macht mich zufrieden.

Sie saßen aneinander gekuschelt auf ihrem Sofa und blätterten in einem Fotoalbum. Es enthielt tatsächlich kein einziges Bild von Katys Mutter.

»Warum hat deine Mutter keine Fotos von sich eingeklebt?«

»Keine Ahnung. Als Kind war mir das gar nicht bewusst. Jetzt kommt es mir auch sonderbar vor.«

»Sie hieß also Marlene? Und er Peter?«

»Ja, aber sie nannte ihn immer Odysseus.«

»Odysseus? Wieso denn das?«

»Weil er nie weg wollte. Er wollte nie ins Ausland reisen und immer nur Ferien in der Schweiz machen. Wandern in den Bergen oder schwimmen im Lago Maggiore. Das nervte meine Mutter. Also begann sie, ihn Odysseus zu nennen. Sie hoffte, der Name würde wirken und irgendwann sein Fernweh wecken.«

»Aber Odysseus ließ seine Frau allein zurück«, wandte Kurt ein.

»Das sagte ich Mutter auch, aber sie fand selbst die Aussicht, dass er ohne sie ins Ausland fahren würde, besser als den ewig gleichen Trott von Ferien in der Schweiz. Hauptsache, er würde seinen Hintern heben und seinen Horizont erweitern.«

»Und? Hat er es je getan?«

»Nein. Nicht ein einziges Mal. Meine Mutter musste alleine mit mir ans Meer fahren.«

»Das hat sie wirklich getan?«

»Ja, aber erst nach Jahren und nur, weil ich meine Eltern immer wieder darum gebeten hatte. Immer nach den Sommerferien erzählten meine Schulkameraden von ihren Stranderlebnissen in Italien, Spanien oder

Griechenland. Sie erzählten von Sandburgen und Muscheln. Ich sehnte mich so danach, einmal selber Muscheln zu suchen. Und dann, als ich zehn war, sagte meine Mutter: »Katy, diesen Sommer fliegen wir zwei ans Meer. Nur du und ich. Papa kann ja wandern gehen in dieser Zeit. Wir zwei machen Mallorca unsicher und schwimmen im Meer. Einverstanden?« Ich war so aufgeregt, ich konnte es gar nicht erwarten, bis die Sommerferien begannen. Von da an flog Mutter jeden Sommer mit mir ans Meer, während Vater durch die Alpen wanderte. Sommer am Meer, das sei ihm ohnehin viel zu heiß. Er sei ein Schweizer, und Schweizer gehörten nun mal in die Berge. Jedes Jahr dieselbe Leier. Er kam kein einziges Mal mit uns ans Meer.«

»Ein richtiger Dickkopf, dein Vater.«

»Das kannst du laut sagen. Trotzdem liebte ihn meine Mutter über alles. Sie schimpfte am lautesten mit mir, wenn ich etwas Negatives über meinen Vater sagte.«

»Deine Eltern müssen besondere Menschen gewesen sein.«

»Ja, das waren sie«, sagte Katy und blätterte gedankenverloren weiter im Album.

Auf der nächsten Seite war ihr Vater mit nacktem Oberkörper im Garten zu sehen. Er war ein stattlicher Mann mit stolzer Haltung. In der rechten Hand hielt er einen Spaten. Sein Haar war grau und weiß, aber sein Körper wirkte noch sehr viril. Er hatte auch nur den Ansatz eines Bäuchleins. Er wirkte muskulös und athletisch.

»Wow! Dein Vater hatte einen tollen Body«, sagte Kurt. »Machte er Krafttraining?«

»Mein Vater?«, lachte Katy. »Bist du verrückt? Er war der unsportlichste Mensch, den ich kannte. Außer Gartenarbeit, spazieren, wandern und schwimmen betätigte er sich nicht körperlich. Sport interessierte ihn überhaupt nicht. Er schaute nicht mal Fußball im Fernsehen.«

»Dann hat er sich aber sehr gut gehalten.«

»Stimmt«, pflichtete Katy bei. »Er verdrehte immer dieses lateinische Sprichwort und sagte, mens sana fiat corporem sanum. Er fand, der gesunde Geist forme einen gesunden Körper und nicht umgekehrt.«

»Wie stand er zu deinem Körper?«, fragte Kurt unvermittelt. »Fand er deinen Körper in Ordnung?«

»Auf jeden Fall. Er gab mir stets zu verstehen, ich sei genau richtig, so wie ich bin. Er lehnte sämtliche Angebote der Ärzte ab, mich zu operieren. Irgendwann weigerte er sich, weitere Untersuchungen an mir machen zu lassen. Ihm passte nicht, wie die Mediziner mich als wissenschaftliches Unikum betrachteten, als Freak.«

»Da hast du wirklich Glück gehabt mit deinem Vater.«

»Das ist wahr«, sagte Katy nachdenklich. »Ich darf gar nicht daran denken, was wäre, wenn ich kastriert worden wäre, eine vernarbte Klitoris hätte und ständig weibliche Hormone nehmen müsste bis an mein Lebensende. Ich weiß von operierten XY-Frauen, die sich um ihre Sexualität und ihre Identität betrogen fühlen. Viele sind psychisch so angeschlagen, dass sie neben den Hormonen noch Antidepressiva nehmen müssen. Das ist doch kein Leben.«

»Unvorstellbar.«

»Kurt, könntest du nicht einmal darüber schreiben? Es wäre an der Zeit, dass die Öffentlichkeit erfährt, was in den Kinderspitälern abläuft. Dass Babys kastriert werden. Dass meist auch ihre Klitoris auf Normalmaß zurückgeschnitten und eine künstliche Vagina angelegt wird. Eine extrem schmerzhafte Prozedur, weil so eine Vagina regelmäßig penetriert werden muss, sonst wächst sie wieder zu. Frauen mit solchen Kindheitserinnerungen können gar nie lustvolle Sexualität erleben.«

»Das ist der Horror. Aber für so einen Artikel bin ich nicht der Richtige. Ich bin Kulturjournalist, Katy.«

»Ach, was. Das könntest du.«

»Lieber nicht. Aber ich frage mal einen Kollegen. Marco hat Naturwissenschaften studiert und schreibt oft über medizinische Themen. Ich denke, ihn könnte das interessieren.«

Eine Weile blätterten sie stumm im Fotoalbum, bis Katy unvermittelt sagte: »Weißt du, was mein Vater auf dem Sterbebett sagte? Er dachte, ich sei so geworden, weil er sich so sehr einen Sohn gewünscht hatte, obwohl er genau wusste, dass sich meine Mutter eine Tochter wünschte. Er dachte, er sei schuld an meinem Zustand. Das ganze Leben lang trug er diese Schuldgefühle mit sich herum und hatte mir nie etwas gesagt. Erst als er im Sterben lag, sprach er darüber. Mir kamen die Tränen. Ich sagte ihm hundertmal, es sei nicht seine Schuld, das sei ein kindischer Gedanke. Aber ich konnte ihn nicht davon abbringen. Er ist mit dieser Überzeugung gestorben.«

»Unglaublich.«

»Er war ein solcher Sturkopf. Nie ins Ausland und nie von seinen Überzeugungen abzubringen. Gleichzeitig war er der liebste Mensch, den du dir vorstellen kannst. Er war so voller Liebe, man konnte ihm gar nicht böse sein.«

11

Heute mussten wir einen Aufsatz zum Thema »Mein Vorbild« schreiben. Ich überlegte lange. Keith Moon, der Schlagzeuger von The Who, ist viel zu verrückt. Charles Bronson, der Mundharmonikaspieler aus »Spiel mir das Lied vom Tod«, finde ich stark, auch wenn ich den Film nur von Fotos aus »Bravo« kenne. Da stand auch, dass Bronson aus Rache tötet, was ja auch nicht gerade vorbildlich ist. Old Shatterhand ist eine Fantasiefigur, das würde der Lehrer sicher nicht akzeptieren. Neil Armstrong kam mir noch in den Sinn, aber außer, dass er der erste Mensch auf dem Mond war, weiß ich nichts über ihn. Überhaupt weiß ich nichts über all die Berühmtheiten, deren Namen ich kenne.

Also beschloss ich, über meinen Vater zu schreiben. Ich war selber erstaunt, wie viele Gründe mir einfielen, weshalb er mein Vorbild ist. Immer wenn ich dachte, mir falle nichts mehr ein, blitzte doch noch eine Idee auf.

Ich bin froh, dass ich meinen Vater gut leiden kann. Mein bester Freund Stephan hasst seinen Vater. Ständig streiten die beiden, und am Ende bezieht Stephan immer Prügel.

Ich kann mich kaum mehr daran erinnern, wie Papa mir einst den Hintern versohlt hat. Ich war ein kleiner Knirps, wahrscheinlich kaum den Windeln entwachsen und wollte wohl nicht gehorchen.

Wenn ich es mir recht überlege, war ich damals viel mutiger. Ich machte gar keinen Unterschied zwischen Erwachsenen und Kindern. Ich behandelte alle gleich und wollte mir von niemandem etwas vorschreiben lassen. Das endete ein paarmal damit, dass Papa mich übers Knie legte und mich mit dem roten Teppichklopfer versohlte.

Warum ich die Prügel bezog, weiß ich gar nicht mehr. Aber ich weiß noch, wie ich danach jeweils allein auf mein Zimmer musste und meinen Vater hasste. Und weil ich ihn hasste, bekam ich Angst vor Gott, der ja bekanntlich alles sieht.

Irgendwann habe ich beschlossen, mit dem Theater aufzuhören. Wenn die Erwachsenen mich brav wollten, dann sollten sie mich brav haben. Nichts war einfacher, als den braven Jungen zu spielen. Denken konnte ich ja immer noch, was ich wollte.

Als ich zum ersten Mal die Geschichten über Jesus hörte, wollte ich sogar noch braver werden. Ich wollte so gut wie Jesus werden. Oder wenigstens fast so gut.

Davon, dass mich mein Vater geschlagen hat, als ich noch klein war, habe ich natürlich im Aufsatz nichts geschrieben. Der doofe Lehrer muss nicht alles wissen.

Ich bin gut im Aufsatzschreiben, einer der besten der Klasse. Am liebsten habe ich freie Themenwahl. Dann kann ich einfach drauflos fabulieren. Aber die meisten anderen Kinder stöhnen dann, sie wüssten nicht, was schreiben.

Ich kann mir gar nicht vorstellen, wie man nicht wissen kann, was schreiben. Man muss doch nur auf seine Gedanken hören, die einem im Kopf rum schwirren. Und schon steckt man mitten in einem Dschungel- oder Weltraumabenteuer.

Letztes Mal erfand ich eine Geschichte, in der ich als Tierforscher nach Afrika reise und eine neue Tierart entdecke: den Löger, eine Kreuzung aus Löwe und Tiger. Als ich meinem Vater davon erzählte, sagte er, solche Raubkatzen gäbe es tatsächlich und man nenne sie Liger. Aber ich finde es nicht gerecht, wenn vom Löwen nur ein Buchstabe verwendet wird.

Papa weiß alles. Das ist einer der Gründe, warum er mein Vorbild ist. Wenn ich groß bin, will ich auch alles wissen. Ich hoffe, dann das Leben und vor allem die Erwachsenen zu verstehen.

Warum zum Beispiel ist Stephans Vater bei allen Erwachsenen so beliebt, obwohl er nicht so viel verdient wie mein Vater und Stephan und seinen kleinen Bruder ständig verprügelt? Manchmal muss ihre Mutter sogar mitten im Nebel mit Sonnenbrille rumlaufen, weil sie ein Veilchen hat. Trotzdem ist Stephans Vater beliebter als meiner. Stephan hat einmal gesagt, das sei so, weil mein Papa ein Chef sei. Und Chefs seien eben nie beliebt. Außer bei den Indianern, aber das seien auch keine richtigen Chefs, sondern Häuptlinge. Wer Federschmuck trage, den müsse man ja wohl respektieren.

Ich habe mir dann kurz vorgestellt, wie Papa mit einem großen Federschmuck statt Hut zur Arbeit geht. Doch der Federschmuck hat nicht zum grauen Anzug und den glänzend schwarzen Halbschuhen gepasst. Außerdem hat Papa nicht die gleiche Frisur wie Winnetou, sondern einen Bürstenschnitt wie Neil Armstrong.

Auf jeden Fall will ich nie Chef werden, wenn man deswegen so unbeliebt ist. Doch ich möchte auch nicht, dass mich meine eigenen Kinder hassen. Wahrscheinlich ist es sowieso besser, wenn ich nie Kinder habe. Als Tierforscher reise ich durch die ganze Welt und bin nie zu Hause. Da ist man besser unverheiratet und kinderlos. Das ist nun mal das Schicksal eines Abenteurers. Papa sagt auch immer, man könne nicht alles haben im Leben.

Was ich gerne hätte: eine Freundin. Mit küssen und allem. Aber dann wäre mein Ruf dahin. Wenn du schon in der fünften Klasse ein Schätzchen hast, giltst du als Mädchenfreund und Weichei. Das geht gar nicht. Dann bist du bei allen Jungs unten durch und niemand wählt dich mehr für seine Fußballmannschaft.

Ich kann es trotzdem nicht ändern. Ständig muss ich an Yvette denken. Müsste ich einen Aufsatz zum Thema »Das schönste Mädchen der Welt« schreiben, würden mir bestimmt tausend Dinge einfallen, warum sie für mich die Schönste ist. Angefangen bei ihren braunen Augen, die immer genau anzeigen, was sie fühlt. Und ganz egal, ob ich in ihnen Traurigkeit oder Fröhlichkeit, Wut oder Verzweiflung entdecke, stets sehe ich auch diesen sich nie ändernden Glanz: Mut und Frechheit.

Ich wünschte, ich könnte so mutig sein wie Yvette. Aber als Junge kommt man damit nicht weit. Dann hagelt es Ohrfeigen vom Lehrer oder Vater. Ein Mädchen hingegen bekommt höchstens zu hören, sie solle nicht so frech sein. Außerdem sei sie noch zu jung, um das zu verstehen. Das ist alles. Keine Ohrfeige, nichts.

Ich habe Yvette schon oft beobachtet, wenn sie dem Lehrer widersprochen hat. Dann legt sie immer den Kopf schräg, blickt unschuldig zum Lehrer auf, klimpert mit den Wimpern und lächelt ein Lächeln, das selbst Steine erweicht. Manchmal spielt sie dazu noch mit einer Locke. Und noch nie, noch gar nie ist der Lehrer dann aufgebraust und hat sie zurechtgewiesen. Nein, er hat mit ihr gesprochen wie mit einer Erwachsenen. Hätte ich dasselbe gesagt wie sie, hätte er mir einfach eine gescheuert und womöglich noch Strafaufgaben gegeben.

Vielleicht ist der Lehrer auch in sie verliebt.

Wenn ich nur nie Rita geküsst hätte. Jetzt ist Yvette wütend auf mich und will nichts mehr von mir wissen. Immer wenn ich mich mit ihr verabreden will, hat sie eine fadenscheinige Ausrede parat.

Kommst du mit ins Schwimmbad? Nein, leider keine Zeit. Dann erscheint sie doch im Schwimmbad und tut so, als würde sie mich nicht sehen.

Warum ist sie so gemein? Ich habe ihr doch erklärt, es sei nichts zwischen Rita und mir. Was soll ich mit einer Freundin, die größer ist als ich?

Wenn ich alles wüsste wie mein Vater, würde ich Yvette vielleicht verstehen.

Sie lagen eng umschlungen in seinem Bett. Es war das erste Mal, dass sie mit in seine Wohnung gekommen war. Zuerst ließ sie sich herumführen und alles zeigen, dann kochten sie gemeinsam Spaghetti. Nach etlichen Gläsern Chianti landeten sie in seinem Bett. Ein Gewitterregen hatte die Sommerluft angenehm abkühlt.

Einmal mehr war er verblüfft, wie intensiv der Sex mit Katy war, obschon sie einander bisher nur mit der Hand befriedigt hatten. Oral- oder gar Analsex hatte er noch nicht gewagt. Das gegenseitige Streicheln reichte ihm vollauf. Er liebte es, wie sie ihn dabei ansah. Ihr Blick schien tief in ihn einzudringen und gleichzeitig sein Innerstes nach außen zu kehren. Dabei fühlte er sich nackter als nackt. Es war extrem erregend, aber auch angsteinflößend. Er fühlte sich buchstäblich in ihrer Hand. Sie hätte ihn jederzeit vernichten können. Trotzdem setzte er sich mit Haut und Haar ihren Blicken aus, ertrank in ihren großen Pupillen und versuchte gleichzeitig, sie in seinen eigenen Blicken zu ertränken. Er wollte, dass sie unterging – in ihm.

Erst Katy zeigte ihm, was Vereinigung wirklich bedeutete. Es war ein überwältigendes Gefühl, fast wie sterben und geboren werden im selben Moment. Und nicht nur während des Orgasmus, sondern auch lange davor und danach. Solange sie einander wortlos in die Augen sahen.

Nicht selten blieb die Erregung dadurch so hoch, dass sie einander schon bald in den nächsten Orgasmus schickten. Erst wenn einer von ihnen erschöpft die Augen schloss, wurde der Bann gebrochen. Dann hatten beide das Bedürfnis, einander richtig fest zu umklammern, als ob sie sich ihrer Körper vergewissern müssten. Lange lagen sie dann eng umschlungen da und lauschten dem Atem des andern, bis mal sie, mal er durch zärtliche Küsse die Realität wieder ins Bewusstsein holte. Erst da stellte sich langsam auch wieder die Sprache ein. Vielleicht flüsterte sie: »Ach, du.« Oder er sagte ihren Namen. Dann schwiegen sie wieder lange, bis erste vollständige Sätze über ihre Lippen kamen.

»Ich wünschte, ich könnte dich so fotografieren«, sagte Katy leise.

»Läge eine deiner Kameras zwischen uns, würde sich dieser Zustand gar nie einstellen.«

»Ich weiß«, seufzte Katy. »Ich weiß.«

Er öffnete seine Augen und betrachtete ihr Gesicht, das wieder sanft und entspannt wirkte. Da sie seinen Blick spürte, öffnete auch sie ihre Augen wieder.

»Kurt?«

»Hm?«

»Wirst du immer bei mir bleiben?«

»Ja. Wenn es in meiner Macht liegt.«

»Wie meinst du das?«

»Na ja, es gibt nun mal Dinge, die wir nicht kontrollieren können.«

»Meinst du den Trieb? Vermisst du richtige Frauen?«

»Oh nein, ich vermisse gar nichts, rein gar nichts.«

»Du willst nicht mit anderen Frauen schlafen?«

»Nein.«

»Vermisst du denn den Geschlechtsverkehr gar nicht?«

»Kein Bisschen.«

»Wenn du es mal brauchst, ist es okay, wenn du mit einer anderen schläfst. Ich will einfach nichts davon wissen. Hörst du?«

»Katy! Hör auf!«

»Nein, ich höre nicht auf. Ich will, dass du frei bist. Verstehst du? Ich gebe dich frei. Aber ich will nie ein

Geständnis hören, nie. Solltest du ein schlechtes Gewissen bekommen, musst du allein damit fertig werden. Ist das klar?«

»Katy, ich brauche keine andere Frau. Was ist nur plötzlich in dich gefahren?«

Sie wand sich aus seiner Umarmung, drehte sich auf den Rücken und starrte zur Decke, auf der der Schein der Kerzen tanzte.

»Ach, Kurt. Eine Beziehung kann sehr schnell zu einem Gefängnis werden. Ich habe die Türe soeben aufgestoßen und werde schauen, dass sie offen bleibt.«

»Möchtest du denn mit anderen Männern ins Bett?«, fragte Kurt. »Ist es das?«

»Wie kannst du mir nur so eine Frage stellen, nachdem was du alles über mich weißt?«

»Dann verstehe ich nicht, warum du damit angefangen hast.«

»Kurt, hör mir gut zu«, sagte Katy mit heiligem Ernst. »Ich wünsche mir, dass das mit uns wirklich klappt. Ich habe noch nie zuvor etwas Ähnliches erlebt. Ich will das nicht verlieren, bloß weil du dich in Zukunft mal gefangen fühlst. Du bist frei. Es gibt keine Vorschriften, die du erfüllen musst, um mein Partner zu sein.«

»Dasselbe gilt für mich. Ich möchte nur, dass du du selbst bist.«

Sie wandte sich ihm wieder zu und lächelte. Schließlich rückte sie näher, küsste sein linkes Ohr und flüsterte: »Danke.«

Yvette beißt in mein rechtes Ohr. Es tut ziemlich weh, deshalb drücke ich sie wieder unter Wasser. Nach einer Weile lasse ich sie Luft holen, bevor ich mich mit dem ganzen Körper auf sie werfe. Ich umklammere sie mit Armen und Beinen. Sie schlägt unter Wasser mit den Fäusten auf meinen Rücken. Zwischendurch holen wir kurz Luft, dabei sehe ich die Wut in ihrem Gesicht. Vielleicht weint sie sogar.

Wir sind an einer Stelle im blauen Bassin, wo wir gerade noch knapp stehen können. Aber ich werfe mich wieder mit meinem ganzen Gewicht auf sie und drücke sie erneut unter Wasser. Ich bin schon ziemlich außer Atem, möchte aber, dass unsere Rauferei nie aufhört.

Als wir das nächste Mal auf die Füße kommen, geht sie mir mit Wutgeheul an die Kehle und würgt mich massiv. Ich falle nach hinten, sie stürzt sich auf mich. Ist sie wahnsinnig geworden? Der Würgegriff tut wirklich weh.

Ich schlage wild um mich. Sie lässt mich lange nicht auftauchen. Dann lässt sie doch plötzlich los, und ich schieße an die Wasseroberfläche. Dabei gerät meine Hand zwischen ihre Beine. Ihr Gesicht spiegelt Verblüffung und Empörung. Lange Sekunden schaut sie mir mit weit offenem Mund in die Augen. Dann wirft sie sich wieder auf mich. Aber nicht, um mich wieder zu würgen. Sie küsst mich unter Wasser. Wild und gierig küsst sie mich und beißt in meine Lippen. Schließlich lässt sie plötzlich von mir ab. Als wir uns wieder gegenüber stehen, reicht ihr das Wasser bis zum Mund, mir bis über die Schultern. Ich schmecke Blut. Wir sehen uns in die Augen, ohne etwas zu sagen. Wir atmen wie Marathonläufer. Sie hebt die Hand, ich bleibe stehen. Dann fährt sie mit dem Zeigefinger zart über meine Lippen und sagt: »Das wollte ich nicht.«

»Kein Problem, es tut nicht weh«, lüge ich.

»Komm, ich spendiere dir ein Eis am Stiel.«

»Zitrone?«

»Du darfst wählen.«

»Dann Zitrone, bitte.«

In der Warteschlange vor dem Kiosk frage ich, ob meine Lippen noch bluten. Yvette schüttelt den Kopf.

Das Eis kühlt merkwürdigerweise nicht, sondern bringt meine Lippen zum Glühen. Yvette kichert, als sie mein schmerzverzerrtes Gesicht sieht. Ich lache auch und versuche, das Eis möglichst weit rechts in den Mund zu schieben. Yvette schaut mir die ganze Zeit aufmerksam zu, bis ich verlegen werde und frage: »Was ist?«

»Das nächste Mal küsse ich dich ganz zart, versprochen.«

»Wann?«

»Heute Abend nach dem Essen.«

»Am Waldrand?«

»Nein, im Wald. Unter der doppelstämmigen Eiche.«

»Einverstanden.«

Dann lächelt sie glückselig. Warum sind wir eigentlich vorhin im Bassin so heftig aneinander geraten?

»Du, Yvette?«

»Hm?«

»Ich möchte mit dir gehen.«

»Ich weiß.«

»Und?«

»Was und?«

»Willst du auch mit mir gehen?«

»Das sage ich dir heute Abend.«

12

Obwohl es schon Oktober war, trugen die meisten Bäume immer noch sommerliches Grün. Katy richtete in einer Galerie im Kreis 4 eine Ausstellung mit ihren verwischten Porträts ein. Am Donnerstagabend sollte sie eröffnet werden. Sie freute sich sehr darauf. Die Beziehung mit Kurt gab ihr eine Sicherheit, wie sie es zuvor gar nie gekannt hatte. Nur gelegentlich plagten sie Zweifel, sie genüge Kurt nicht. So sehr er auch beteuerte, ihm fehle nichts, sie ließ sich einfach nicht von ihrer Überzeugung abbringen, ein Mann müsse eine Frau penetrieren können. Deshalb bestand sie auf Analverkehr. Doch Kurt wurde schnell klar, dass sie es nicht mochte. Daher wurde auch er nicht warm damit.

Als sie nach einigen Wochen wieder damit anfing, gerieten sie heftig aneinander. Kurt weigerte sich, etwas zu tun, was sie offensichtlich nicht genieße, doch sie bestand darauf. Sie flehte ihn an, es zu tun. Sie spüre, er brauche es. Schließlich brachte sie ihn so in Rage, dass er sie rau und rücksichtslos von hinten nahm. Nach einigen Stößen brach er angewidert von sich selber ab.

Danach weinte sie lange. Erst nach stundenlangen tröstenden Worten und Zärtlichkeiten beruhigte sie sich langsam wieder und schlief in den frühen Morgenstunden ein.

Kurt war erschöpft. Er fühlte sich leer wie ein löchriger Eimer. Trotzdem konnte er kein Auge zu tun. Er wusste, diese Auseinandersetzung würde in einigen

Wochen erneut aufflammen. Katys Unsicherheit steckte so tief. Er zerbrach sich den Kopf, wie er ihr ein für alle Mal beweisen könnte, dass er sie so liebte, wie sie ist. Ohne Wenn und Aber.

Kurz vor sechs stand er auf und machte sich Kaffee. Vielleicht brauchte Katy auch einfach noch mehr Zeit, bis die Stachel alter Verletzungen vollständig verschwinden würden.

Nur einen Tag nach Katys Vernissage, die ein voller Erfolg war, schlief er mit einer Ex. Er traf Silvia ein-, zweimal im Jahr, um bei feinem Essen und Wein Neuigkeiten auszutauschen. An diesem Abend landeten sie beschwipst in ihrem Bett. Am andern Morgen waren beide verlegen und versicherten sich gegenseitig, es habe nichts zu bedeuten.

Kurt war danach tagelang so wütend auf sich selber, dass Katy besorgt fragte, was los sei. Er behauptete, er arbeite an einem Artikel, der ihm einfach nicht gelingen wolle. Das mache ihn rasend. Daraufhin verwöhnte sie ihn nach Strich und Faden, was sein schlechtes Gewissen nur noch verschlimmerte.

»Ich will nicht mit dir gehen«, sagt Yvette mit kaltem Blick.

»Warum nicht?«, will ich wissen.

»Weil ich Rita unterdessen gefragt habe, warum sie dich geküsst hat. Da hat sie gesagt, weil du in sie verliebt seist.«

Warum musste Yvette die blöde Rita fragen? Warum musste Rita alles verraten?

»Das stimmt gar nicht«, sage ich. »Ich habe das nur gesagt, damit sie mich küsst.«

»Und warum hast du nicht mich um einen Kuss gebeten?«

»Weil ich …, weil ich …« Ich kann Yvette schlecht gestehen, dass ich zuerst Erfahrungen sammeln wollte, um für sie ein guter Küsser zu werden.

»Ich warte. Weil du?«

»Weil ich mich halt nicht getraut habe, dich zu fragen. Ich hatte Angst, du würdest nein sagen.«

»Ich hätte ja gesagt. Aber jetzt sage ich nein.«

»Yvette, ehrlich, ich bin nur in dich verliebt und sonst in niemanden.«

»Wie soll ich dir vertrauen, wenn du andere Mädchen küsst?«

»Ich habe nur Rita geküsst, nur ein einziges Mal. Wir gehen nicht miteinander, ehrlich.«

»Rita sagt, du hättest sie zweimal geküsst.«

»Es war nur dieses eine Mal im Materialraum der Schule. Ich schwöre es. Ich will nichts von Rita.«

»Aber du bist ständig mit ihr zusammen, spielst Fußball mit ihr und so.«

»Ja, aber das ist bloß spielen. Ich will sie nicht zur Freundin. Ich will dich.«

»Das hättest du dir vorher überlegen sollen«, sagt Yvette, macht kehrt und geht in ihr Haus. Ich schaue ihr nach, bis sie in der Tür verschwindet. Dann setze ich mich auf einen Baumstamm am Waldrand und weine stumm vor mich hin. Seit ich klein war, habe ich nicht mehr so viele Tränen vergossen.

Ich sitze und sitze und merke gar nicht, wie es immer dunkler wird. Junikäfer brummen um mich herum. Ein Käuzchen ruft so kläglich, als verstünde es meinen Kummer.

Irgendwann höre ich meine Mutter rufen, stehe auf und schlurfe langsam heimwärts.

Es ist ein heißer Mittwochnachmittag. Ich spiele mit Rita Pingpong im Schwimmbad. Sie ist am Gewinnen, sie ist einfach viel schneller als ich. Aber das ist mir egal. Ich denke ständig an Yvette. Als ich es nicht länger aushalte, lege ich Ball und Schläger nieder und sage: »Rita, kannst du bitte zu Yvette gehen und ihr erklären, dass zwischen dir und mir nichts ist?«

»Aber du hast doch gesagt, du seist in mich verliebt.«

»Das habe ich doch nur gesagt, damit du mich küsst.«

»Du lügst mich an und erwartest von mir, dir zu helfen? Was bist denn du für einer?«

»Es tut mir leid, Rita. Ich habe Scheiße gebaut. Aber mal ehrlich: Bist du denn in mich verliebt?«

Sie schaut weg, als würde sie etwas ganz Wichtiges drüben beim Bassin sehen.

»Rita, ich tue alles, um es wieder gut zu machen. Sag einfach, was ich tun soll. Aber bitte geh zu Yvette und erklär alles.«

»Warum willst du ausgerechnet mit Yvette gehen? Weil sie die Schönste von der ganzen Siedlung ist? Ist es das?«

»Keine Ahnung. Ich liebe sie halt, seit sie in unsere Nachbarschaft gezogen ist. Ich kann auch nichts dafür.«

»Das ist schon Jahre her. Warum fragst du sie erst jetzt, ob sie mit dir gehen will?«

»Weil ich mich vorher nie getraut habe.«

Rita seufzt, steht von einem Bein aufs andere, schaut nervös mal hier- mal dorthin, bevor sie sagt: »Also gut. Ich geh zu ihr. Aber du bist trotzdem ein Idiot.«

»Ich weiß«, murmle ich kleinlaut.

Von weitem beobachte ich, wie Rita sich zu Yvette setzt und gestikulierend mit ihr spricht. Von Zeit zu Zeit schauen beide zu mir her, dann blicke ich jedes Mal zu Boden, als ob es dort ein ganz besonderes Muster zu entdecken gäbe.

Nach einer Weile kommt Rita zurück zum steinernen Pingpong-Tisch. Ihr ernster Gesichtsausdruck verheißt nichts Gutes. Sie erzählt, Yvette glaube mir, aber jetzt sei es zu spät. Sie gehe seit heute Morgen mit Gerry.

»Mit Gerry?«, krächze ich ungläubig. »Er ist doch kleiner als sie! Spinnt sie oder was?«

»Ich finde Gerry auch nicht gerade toll. Er macht ständig alle Mädchen an. Mir hat er auch schon an die Brust gefasst. Er ist ein Weiberheld und ein Arschloch. Aber was kann man machen?«

»Gerry! Ich fass es nicht!«

»Spielen wir weiter?«

»Keine Lust mehr.«

Ich lasse Schläger und Ball liegen, sie gehören Rita. Dann gehe ich mein Strandtuch holen, schlüpfe in mein T-Shirt und mache die Fliege. Yvette würdige ich keines Blickes. Der Blitz soll sie treffen!

Das Blitzlicht war so hell, dass weiße Kringel vor Kurts Augen tanzten. Katy fotografierte die Gäste der Finissage ihrer Ausstellung. Sie genoss den Abend sichtlich. Erst vor vier Tagen hatte ihr eine New Yorker Galeristin angeboten, sie in den USA zu vertreten und Ausstellungen zu organisieren.

Kurt freute sich für Katy, fühlte sich unter diesen reichen und schönen Leuten jedoch fehl am Platz. Nach einer halben Stunde winkte er Katy, die mit einem älteren Ehepaar diskutierte, und trat in den Nieselregen hinaus. Er hatte ihr wohlweislich schon am Nachmittag angekündigt, er werde nur kurz bleiben. Das sei schon in Ordnung, sie wisse ja, dass er sich an solchen Anlässen nicht besonders wohl fühle.

Er schlug seinen Mantelkragen hoch und steuerte die nächste Bar an. Er brauchte jetzt ein Bier. Die Bar war übervoll und entsprechend laut. Am Ende der Theke stand ein freier Hocker, den peilte er an.

Nachdem er eine Weile ins Bierglas gestarrt hatte, sprach ihn die Frau, die neben ihm saß, an: »Einen schlechten Tag gehabt?«

»Nein, nein. Ich weiß auch nicht.«

»Willst du lieber allein bleiben?«

»Nein, ist schon okay. Aber ich weiß nicht, ob ich heute so ein toller Gesprächspartner bin.«

»Warum denkt ihr Männer immer, ihr müsstet tolle Hirsche sein? Es reicht doch völlig, sich selber zu sein.«

Jetzt betrachtete er die Frau neben sich etwas genauer. Sie hatte glattes, schwarzes Haar, das ihr nicht ganz bis auf die Schultern fiel. Ihr Teint war dunkel, und ihre Augen waren tiefblau. Schwarzes Haar und blaue Augen ist eine eher seltene Kombination.

»Sind deine Haare gefärbt?«, fragte Kurt.

»Nein.«

»Du bist wunderschön.«

»Oh, danke. Bis jetzt finde ich, du bist ein sehr angenehmer Gesprächspartner.«

Sie plauderten und flirteten weiter. Er erfuhr, dass sie als Assistentin in einer Anwaltskanzlei arbeitete und eigentlich mit einer Freundin abgemacht hatte. Sie habe aber im letzten Moment abgesagt.

So schwatzten sie sicher eine Stunde, bis sie zusammen die Bar verließen. Da beide in dieselbe Richtung mussten, gingen sie zusammen. Der Nieselregen hatte zum Glück aufgehört, aber es war recht kühl geworden.

Als sie ihn zu sich in die Wohnung einlud, wusste er noch nicht mal ihren Namen. Den erfuhr er erst bei einer Tasse Tee in ihrer kleinen Küche.

Er hätte gehen sollen, doch Francesca reizte ihn unglaublich. Er fand alles an ihr sexy, sogar ihre Stimme.

Als er nach zwei Uhr früh wieder in die kalte Nacht hinaus ging, schwor er sich, es bei diesem One Night Stand zu belassen. Er war froh, hatte sie ihn nicht nach seinem Nachnamen gefragt.

Schluss mit Seitensprüngen. Er wollte nicht in sein altes Muster verfallen. Er wollte eine richtige Beziehung mit Katy führen.

13

Ich hasse Yvette. Ich hasse Gerry. Sie sind schuld, dass alles grau ist. Nichts macht mehr Spaß. Nicht einmal Zitroneneis schmeckt mir noch. Ich finde alles nur noch scheiße. Ich hasse mich. Warum bin ich so, wie ich bin? Werde ich immer so blöd sein? Dann hätte es gar keinen Sinn, erwachsen zu werden.

Ich hör die Tür aufgehen. Yvette kommt in den Raum mit Tierpräparaten, wohin ich im Auftrag des Lehrers den aus-

gestopften Habicht zurückgebracht habe. Sie bleibt bei der Tür stehen, unsicher und verlegen. Ich hasse sie dafür, dass ich sie deshalb noch mehr liebe. Warum ist sie so, wie sie ist?

»Kurt, es tut mir leid.«

Ich gebe keine Antwort und starre den Habicht vor mir an.

»Kannst du mir verzeihen?«

Ich sage immer noch nichts. Was erwartet sie von mir? »Was soll ich sagen? Viel Glück mit Gerry?«

»Warum hast du denn vorher nie gesagt, dass du in mich verliebt bist?«

»War das denn nicht klar?«

»Nein.«

»Und der Kuss im Schwimmbad.«

»Du hast mich unter Wasser gedrückt. Wir haben gestritten.«

»Vielleicht hast du gestritten. Ich nicht. Ich wusste halt nicht, wie ich dich sonst hätte berühren können.«

»Du hast mich unter Wasser gedrückt, um mich anzufassen?«

»Ja.«

»Findest du das nicht ein bisschen sonderbar?«

»Doch. Aber ich konnte nicht anders. Ich habe dich dann ja geküsst, damit du verstehst, dass ich dich liebe.«

»Ich habe dich in die Lippen gebissen.«

»Das war okay.«

»Ich verstehe dich nicht, Kurt. Wirklich nicht.«

»Dann zeig ich's dir halt nochmal.«

Ich gehe zwischen den Tischen und Vitrinen mit ausgestopften Vögeln und Säugetieren hindurch, packe Yvette und drücke ihr einen Kuss auf die Lippen. Verblüfft reißt sie sich los und knallt mir eine. Ich packe sie wieder und drücke ihr gleich noch einen Kuss auf die Lippen.

Wieder beißt sie in meine Unterlippe, diesmal aber nur leicht. Es ist mehr wie ein Knabbern. Langsam lässt ihr Widerstand nach. Ich spüre, wie ihre Zungenspitze über meine Unterlippe fährt und dann auch über meine Oberlippe. Als ich dasselbe für sie mache, sinkt sie in meine Arme und stößt ihren warmen Atem so tief in meinen Mund hinein, dass ich den Eindruck bekomme, wir seien zwei riesige Seifenblasen, die zu einer einzigen verschmelzen.

Am Tag nach Katys Finissage hörte die Welt, wie sie bisher war, auf zu existieren. Kurz vor elf klingelte Kurts Telefon. Es nervte ihn, dass sein Schreibfluss unterbrochen wurde. Er steckte mitten in einem Artikel über die Behindertentheatergruppe Hora und ihre überschwängliche Inszenierung vom »Mittsommernachtstraum«.

Mechanisch nahm er ab und hielt den Hörer ans Ohr. Eine ihm unbekannte Männerstimme fragte, ob er mit Kurt Angst verbunden sei. Er bejahte und sagte, er habe kein Interesse, irgendeine neue Zeitung zu abonnieren.

Darum gehe es nicht, sagte der Mann. Er heiße Vukotic und sei Arzt am Universitätsspital Zürich. Er habe leider schlechte Nachrichten für ihn.

War seine Schwester verunfallt?

Nein, es gehe nicht um seine Schwester, sondern um seine Freundin Katy Wyss. Sie sei letzte Nacht vergewaltigt worden.

Von einer Sekunde zur andern schien all seine Energie aus seinem Körper in den Boden zu fließen. Er fühlte, wie er in sich zusammenfiel.

»Hallo? Sind Sie noch dran?«

Er konnte nicht antworten.

»Hallo? Hallo?«

»Kann ich sie sehen?«

»Ja, aber Sie müssen vorher zwingend mit mir sprechen. Wann können Sie kommen?«

»In einer halben Stunde bin ich bei Ihnen.«

»Melden Sie sich beim Empfang. Sagen Sie, Sie müssten zu Doktor Vukotic wegen Frau Wyss. Ich wisse Bescheid.«

»Bin schon auf dem Weg.«

Er legte auf. Er hatte sich den Weltuntergang immer anders vorgestellt, mit viel Feuer und Explosionen. Nun entpuppte er sich als simpler Anruf. Der einzige Gedanke, der ihn halbwegs beruhigte, war der Beschluss, den Vergewaltiger umzubringen.

Ohne den Computer auszuschalten, ging er zur Garderobe, zog Schuhe, Mantel und Schal an, steckte sein Portemonnaie in die Gesäßtasche und schloss die Wohnungstür hinter sich ab. Es verwunderte ihn, dass er all diese Routinevorgänge immer noch so gut beherrschte wie zuvor. Warum konnte er überhaupt noch die Treppe hinuntereilen und aufs Tram rennen?

Doktor Vukotics Haut war dunkler als ein Eichenschrank, der Jahrzehnte neben einem offenen Fenster gestanden hatte. Seine Hand- und Fingerrücken waren so stark behaart, dass Kurt ihn sich nur als eine Art Werwolf vorstellen konnte. Dichtes, schwarzes Haar, wuchernde Augenbrauen, dicker Seehundschnauz, aber eine Stimme weich wie Butter. Vielleicht waren in dieser Trümmerwelt nun alle Männer so. Das würde erklären, warum sich Kurt nicht mehr als Mann fühlte. Wer oder was war er eigentlich? Existierte er überhaupt noch? Oder war er nur noch ein Abdruck, eine Art Linolschnitt seines alten Selbst?

Doktor Vukotic versuchte, ihn auf den Ernst der Situation vorzubereiten und ihm klarzumachen, dass er Katy nicht mehr erkennen würde, weil ihr Gesicht völlig zerschlagen und ihre Augen zugeschwollen seien. Es sei wichtig, dass er sich dies vergegenwärtige und jetzt den Schock darüber erlebe und nicht nachher, wenn er das Spitalzimmer betrete. Nachher müsse er um Katys Willen unbedingt gefasst bleiben. Ob er das verstehe? Kurt nickte stumm.

Gut, sagte der Arzt und erklärte ihm knapp, was passiert war. Ein Mann habe letzte Nacht Katy vor ihrem Haus aufgelauert oder sei ihr dorthin gefolgt. Als sie die Tür aufschloss, habe er sie ins Haus gedrängt und mit einem Kinnhaken kurzzeitig außer Gefecht gesetzt. Als Katy wieder zu sich gekommen sei, sei sie unten bereits nackt gewesen. Nachdem der Mann festgestellt habe, dass sie keine »gewöhnliche« Frau sei, habe er sie mehrmals ins Gesicht geschlagen. Dass er sie danach anal vergewaltigte, habe sie kaum noch mitgekriegt, als ob sie an einen anderen Ort geflüchtet sei. Das sei eine bekannte Reaktion von Vergewaltigungsopfern. Selbstschutz.

Alles, was Kurt wusste, war, dass er nicht dort gewesen war, um Katy zu beschützen. Er war gerade dabei gewesen, mit einer anderen Frau zu schlafen.

Trotz des Vorbereitungsgesprächs mit Doktor Vukotic verschlug es Kurt den Atem, als er Katys zu Brei geschlagenen Kopf zum ersten Mal sah. Unwillkürlich blieb er einen Moment im Türrahmen stehen. Dann trat er leise ans Bett heran, begrüßte Katy und fragte, ob sie ihn hören könne. Sie bewegte ihren Kopf kaum merklich auf und ab.

Er setzte sich auf den Bettrand und nahm ihre linke Hand in beide Hände. Er wusste nicht, was sagen. In dieser Trümmerwelt gab es keine tröstenden Worte mehr, weder für sie noch für ihn. Er legte sich behutsam neben Katy und schloss die Augen, um den violett verfärbten Fleischklumpen, der einst ihr Gesicht gewesen war, nicht zu sehen. Dabei hatte sich der Anblick längst unauslöschlich in sein Hirn gebrannt.

Er nahm ein Flüstern wahr, hatte sie aber nicht verstanden.

»Was hast du gesagt?«, fragte er und legte sein Ohr nahe an ihre geschwollenen Lippen.

»Fotografier mich.«

Hatte er sich verhört?

»Hol die Leica und Filme bei mir zu Hause.«

»Katy, das kann ich nicht.«

»Das ist das Einzige, worum ich dich bitte.«

»Ich verstehe dich nicht. Wie kannst du das wollen?«

»Hol die Kamera.«

»Jetzt gleich?«

»Ja, und das Stativ.«

Yvette hat gesagt, ich küsse besser als Gerry, aber sie wolle ihm nun doch eine Chance geben. Sie könne dann ja in einer oder zwei Wochen wieder mit ihm Schluss machen.

Ist sie wahnsinnig? Zwei Wochen mit diesem Idioten rumknutschen? Ich verstehe sie nicht. Ich verstehe Mädchen nicht. Am allerwenigsten verstehe ich Rita. Als ich sie in der Pause um Rat fragte, sagte sie, Yvette sei wahrscheinlich enttäuscht, dass ich ihr meine Gefühle nicht früher gestanden habe. Aber ihr sei ohnehin lieber, wenn Yvette mit Gerry gehe. Sie hasse lieber ihn als mich. Was meinte sie damit? Ich werde einfach nicht schlau aus Mädchen.

14

Nach etwas mehr als einer Stunde traf Kurt wieder im Spital ein. Katy schlief. Er löschte das Deckenlicht, das auch tagsüber an war, und setzte sich auf den Stuhl neben ihrem Bett.

Er betrachtete das unförmige Gebilde, das ihr Kopf war. Mit aller Kraft versuchte er, dieses entstellte Gesicht zu lieben. Es gelang ihm nicht. Dafür verurteilte er sich. Konnte er nur schöne Frauen lieben? Ging es ihm gar nicht um das, was unter der Oberfläche lag? Schließlich war das immer noch Katy. Die Frau, die besondere Frau, die er liebte. Müsste er dann nicht auch diesen geschundenen Fleischklumpen lieben?

Er verstand sich nicht, er verstand seine Gefühle nicht. Er wusste ohne jeden Zweifel, dass er Katy liebte. Doch dieses entstellte Gesicht stieß ihn nur ab.

Es war, als würde er dadurch Katy noch mehr wehtun, als würden unsichtbare Fäuste auf Katys Kopf einprügeln, bis das Kissen dunkelrot war.

Das Ganze fühlte sich wie eine Strafe für seinen Seitensprung an. Er konnte sich hundertmal sagen, dass dieses schlechte Gewissen sein eigenes Problem war. Der Hass auf Katy, die ihn so heimtückisch bestrafte, breitete sich dennoch in ihm aus wie langsam wirkendes Schlangengift. Deshalb wunderte er sich kein bisschen, als er sie zischen hörte.

Es dauerte einen Moment, bis er realisierte, dass sie wach war und mit ihm zu sprechen versuchte. Er stand auf und legte sein Ohr an ihre Lippen.

»Wasser.«

Er nahm das halb volle Glas und führte den Strohhalm zu ihrem Mund. Sogar das Schlucken schien sie zu schmerzen.

»Jetzt fotografier mich.«

»Ich habe seit meiner Jugend nicht mehr fotografiert. Ich kann das nicht.«

»Bestimmt.«

Kurt seufzte und begann, das Stativ aufzustellen. Dann schraubte er die Leica auf den Drehkopf und neigte die Kamera so, dass der Sucher den Fleischklumpen erfasste und das lange Haar, das ausgebreitet auf dem Kissen lag.

Er drehte so lange am Zeitrad und Blendenring, bis Zeiger und Nadel des Belichtungsmessers gekreuzt waren. Dann fokussierte er auf die Stelle, wo er ihre Augen vermutete, drückte einmal ab, zog den Film auf, stellte die Distanz auf unendlich und drückte noch einmal ab.

Dann setzte er sich wieder zu ihr aufs Bett und beugte sich zu ihr hinunter, um zu hören, was sie zu sagen versuchte.

»Komm morgen wieder. Fotografier mich jeden Tag. Sobald ich wieder sehen kann, fahre ich selbst fort, indem ich den Selbstauslöser benütze. Bitte, komm morgen wieder.«

»Ich komme.« Mehr brachte Kurt nicht heraus und war froh, wieder gehen zu können.

Wie ein Schlafwandler schlenderte er zum Pfauenplatz hinunter, wo er am Kiosk ein Päckchen Zigaretten kaufte.

Gerry versucht, Rauchkringel in die Luft zu blasen, aber es gelingt ihm nicht. Wir sitzen auf dem Waldboden und lehnen uns an einen Scheiterhaufen. Den Harz rieche ich nicht mehr, nur noch den Rauch der Mentholzigaretten, die Gerry im Laden geklaut hat. Sie heißen »North Pole«. Auf dem weißen Päckchen ist die Weltkugel mit dem weißen Nordpoleis abgebildet. Ich schlucke den Hustenreiz runter und frage: »Bist du in Yvette verliebt?«

»Keine Ahnung«, sagt Gerry und lässt dabei die Mentholzigarette cool wie Belmondo im Mundwinkel hängen. »Ich war, glaub ich, noch nie verliebt.«

»Warum gehst du dann mit ihr?« Nur mit Mühe unterdrücke ich meine Wut.

»Na, weil sie mich gefragt hat. Da hab ich halt ja gesagt. Ist doch egal. Sie ist sowieso ein eingebildetes Huhn, hält sich für eine Prinzessin oder so.«

Ohne Vorwarnung schlage ich ihm die Faust ins Gesicht. Seine Zigarette fliegt in hohem Bogen davon.

»Spinnst du?«, kreischt Gerry, aber ich habe mich schon auf ihn gestürzt. Ich drücke ihn auf den Boden und versuche, ihn zu würgen. Doch nach wenigen Sekunden liege ich unten und er sitzt auf mir. Obwohl er kleiner ist als ich, hat er mehr Kraft. Vermutlich, weil er in die Jugendriege geht. Jetzt vermöbelt er mich nach Strich und Faden, schlägt mir die Fäuste links und rechts ins Gesicht. Es tut höllisch weh, aber ich weine nicht. Irgendwann lässt er von mir ab und tritt mir noch in den Bauch, bevor er fluchend geht und mich liegen lässt.

Plötzlich rieche ich Rauch. Ächzend sitze ich auf und sehe, wie das trockene Laub am Boden Feuer gefangen hat. Bereits hat sich um die Zigarette ein schwarzer Kreis gebildet. Ich rapple mich auf, hole meinen Pimmel raus und beginne auf die mottende Stelle zu pinkeln. Bis mir schwarz vor Augen wird. Ich gehe in die Knie, pinkle mir über die Finger und kippe vornüber.

Als ich wieder zu mir komme, nehme ich den metallischen Geschmack von Blut wahr. Sogar mitten im Wald ist es heiß. Der Schweiß rinnt mir nur so übers Gesicht. Ich sitze auf und sehe, dass mein grünes WWF-T-Shirt voller Blutflecken ist. Hoffentlich gehen die wieder raus.

Mein linkes Auge tut höllisch weh. Ich kann es gar nicht öffnen. Scheiß-Gerry!

Er fror. Dennoch zündete er sich eine zweite Zigarette an. Er hasste sich dafür, dass er wieder rauchte. Und dafür, dass er nicht ins Unispital wollte. Er hörte, wie die Eingangstür hinter ihm zischend auf und zu ging.

Immer wieder. Aber er blieb draußen in der Novemberkälte stehen und inhalierte.

Nachdem er die Zigarette im Aschenbecher an der Säule ausgedrückt hatte, gab er sich einen Ruck und ging durch den Haupteingang. Zielstrebig schritt er zum Lift und danach zu Katys Zimmer. Das Einzige, was sich am Fleischklumpen geändert hatte, war die Farbe. Neue Gelb- und Grüntöne ergänzten die Blau- und Violetttöne.

Warum tat Katy ihm das an? Was für ein idiotischer Gedanke, aber er baute sich nun mal in seinem Kopf auf. Überdeutlich. Weshalb tat sie ihm das an?

Jetzt hasste er sich auch noch für seine Gedanken. Er konnte in diesem Spitalzimmer nicht das kleinste positive Atom wahrnehmen. Alles war einfach nur noch scheiße.

Katy bedeutete ihm, näher zu kommen. Er setzte sich auf den Bettrand und neigte sich zu ihr.

»Fotografier mich und geh gleich wieder, bitte.«

Also stellte er das Stativ samt Kamera auf und tat genau das. Klick! Klick! Und tschüss.

Vor dem Haupteingang steckte er sich sofort wieder eine Zigarette an. Er war froh, wieder draußen zu sein. Er hätte unmöglich eine Stunde bei ihr sitzen und belangloses Zeug reden können. Was für ein Feigling er war!

Auf dem Heimweg ging er bei Francesca vorbei und klingelte. Wenig später fickte er sie wie ein Sträfling, der zwanzig Jahre keine Frau mehr gehabt hatte. Francesca war begeistert. Weniger toll fand sie, als er danach gleich wieder ging. Während er im Flur die

Schuhe anzog, hörte er sie rufen, er solle sich nicht wie ein Arschloch aufführen. Ging nicht. Zurzeit war er nun mal ein Arschloch. Das stand fest.

»Willst du, dass ich das Arschloch für dich vermöble?«, fragt Rita.

Ich schüttle den Kopf. Wir stehen in der äußersten Ecke des Schulhofs. Meine Mutter ließ mich trotz blauem Auge nicht zu Hause bleiben. Sie stuft nichts höher ein als die Schule. Ein verpasster Schultag ist in ihren Augen die größere Katastrophe als ein Erdbeben der Stärke zwanzig.

»Ich mache Gerry fertig«, knurrt Rita. »Ehrlich. Ich schlage dem Winzling die Zähne aus. Das hat der Armleuchter verdient.«

»Lass nur, ich habe ja angefangen.«

»Aus gutem Grund, Kurt. Aus gutem Grund. Ich bin stolz auf dich, hätte genauso gehandelt. Bloß wäre dann Gerry derjenige mit einem blauen Auge.«

»Ach, lass ihn. Der Trottel ist es gar nicht wert, dass wir über ihn reden.«

»Du hast recht, so was von recht. Aber wenn ich sehe, wie er ständig um Yvette rum schwänzelt, will ich ihn nur noch töten. Ich kann nichts dafür. Er ist einfach ein Riesenarschloch.«

»Er soll an seinen eigenen Fürzen ersticken!«

»Genau!«, lacht Rita. »Und in seinem eigenen Dünnpfiff ertrinken.«

»Hör auf! Wenn ich lache, tut es weh.«

»Oh, entschuldige«, sagt sie und versucht, ernst zu gucken. Aber schon nach ein paar Sekunden prustet sie wieder los.

Auch ich muss wieder lachen. Es tut wirklich verdammt weh. Zum Glück klingelt die Schulglocke und erlöst mich.

15

Es war Dezember geworden. Das Leben ging einfach weiter, wie wenn nichts gewesen wäre. Katy war längst wieder daheim und dazu übergegangen, Selbstporträts zu machen. Er hatte immer noch nicht gefragt, was sie damit vorhatte.

Ihr Gesicht sah wieder fast wie vorher aus. Keine Schwellungen, keine blauen Flecken mehr. Und doch war da etwas zurückgeblieben. Eine Bitterkeit, die sich in ihre Mundwinkel eingegraben hatte. Die Lippen unmerklich schmaler, die Augen misstrauischer, der Blick stumpfer. Sie war nicht mehr dieselbe. Logisch.

Sie hatten keinen Sex mehr. Hin und wieder mal eine flüchtige Berührung, ein unverbindlicher Kuss. Er wusste nicht, ob sie oder er mehr geschockt war.

Sie mussten reden, das war klar. Doch er fürchtete sich davor. Er trat aus der überheizten Straßenbahn in die abendliche Kälte hinaus. Es war schon dunkel. Die Straßenlampen brannten. Aber der angekündigte Schnee ließ noch auf sich warten. Die Straßen waren trocken. Langsam schlenderte er zu ihrem Haus und klingelte. Es dauerte lange, bis Katy die Tür öffnete und ihn stumm mit einer Kopfbewegung hereinbat. Sie nahm ihm Mantel und Schal ab und hängte beides an die Garderobe. Dann zog sie ihn an der Hand ins

Wohnzimmer. Zwei volle Gläser Rotwein standen auf dem Tisch vor dem Sofa, die entkorkte Flasche daneben.

Sie setzten sich, sie rechts, er links. Sie stießen an und nahmen einen ersten Schluck. Ein guter Tropfen.

»Kurt«, begann Katy und sah ihm lange in die Augen. Irgendwann hielt er es nicht mehr aus, schaute ins Weinglas und nahm einen weiteren Schluck.

»Wir können beide nichts dafür, Kurt«, meinte Katy und seufzte tief. »Ich kann dir im Moment nicht geben, was du brauchst. Deshalb würde ich es verstehen, wenn du dich von mir trennen willst.«

Wovon zum Teufel sprach sie? Er sah sie wieder an. Ihre Augen waren feucht. Eine einzelne Träne lief ihre linke Wange hinab.

»Ich will mich nicht trennen!« Er klang wie ein trotziger Schuljunge.

»Warum zeigst du mir das dann nicht?«

»Wie denn? Du willst ja nicht mehr umarmt werden.«

»Wie kommst du denn darauf?«

»Du bist ganz anders.«

»Überrascht dich das?«

»Nein, aber wenn ich dich nicht mehr kenne, wie kann ich dann noch wissen, was du willst?«

»Niemand verlangt, dass du weißt, was ich will. Warum fragst du nicht einfach?«

Dachte sie wirklich, dass alles so simpel war? Er merkte gar nicht, dass er den Kopf schüttelte.

»Kurt, bitte sprich mit mir.«

»Ich will ihn töten. Ich will diesen Kerl qualvoll umbringen.«

»Was sollte das nützen?«

»Ich würde mich danach besser fühlen. Weniger machtlos.«

»Du bist nicht machtlos. Aber wenn du nicht mit mir sprichst und mich nicht mehr berührst, dann machst du dich machtlos.«

»Ich war nicht da, um dich zu beschützen!«

»Ach, Kurt. Da will ich gar nicht hin. Das sind hypothetische Gedanken, Wunschgedanken. Die bringen nichts. Es war, wie es war. Dich trifft keine Schuld, mich trifft keine Schuld. Es war bloß verdammtes Pech. Das ist alles.«

»Das ist alles?«, krächzte ich. »Das ist alles? Das glaubst du ja selbst nicht.«

Katy blickte seufzend zur Zimmerdecke hoch, bevor sie fortfuhr: »Das war alles, Kurt. Es war ein dummer Scheißzufall. Der Typ wollte eine Frau vergewaltigen, irgendeine, und ich kam ihm gerade recht. Es war nichts Persönliches. Die Polizeipsychologin hat mir das des Langen und Breiten erklärt, bis ich es begriff.«

»Aber er hat dich verprügelt wie ein …« Er wollte es nicht aussprechen.

»Der Typ konnte ja nicht wissen, dass ich keine normale Frau bin. Das machte ihn wütend. Da war er dieses Risiko eingegangen, und dann kam er nicht mal zu seinem Fick. Er war überfordert.«

»Nimmst du ihn etwa in Schutz?«

»Sicher nicht. Er ist und bleibt ein kriminelles Arschloch. Aber mir hat es geholfen zu verstehen, was vermutlich in ihm vorging. Irgendwann begriff ich sogar, dass nicht ich das Opfer war, sondern er.«

»Ha!«, sagte Kurt lauter als beabsichtigt. »Hat dir das deine Polizeipsychologin eingeredet, oder was?«

»Nicht eingeredet. Wir haben viel darüber gesprochen. Ich musste mit jemandem reden. Du warst ja nicht für mich da.«

Das saß. Er wusste, sie hatte recht, war aber tief verletzt. Konnte sie sich denn gar nicht in ihn einfühlen? Kaum hatte er den Gedanken, realisierte er, wie vermessen er war. Hier ging es schließlich nicht um ihn, sondern um sie. Er schämte sich und starrte auf seine Hände. Eine Weile sagten beide nichts. Dann schaute er wieder in ihre Augen und fragte: »Was kann ich denn für dich tun?«

»Fang doch mal damit an, mich in die Arme zu nehmen.«

Beide rückten aufeinander zu und umarmten sich mit einer Heftigkeit, die ihm kurzzeitig den Atem raubte. Sie drückten einander ganz fest und ließen nicht locker. Irgendwann begann ihr Körper zu zittern. Sie weinte stumm. Er spürte, wie sein Hemd an der Schulter feucht wurde. Als er begann, ihr beruhigend übers Haar zu streichen, kamen ihm plötzlich auch Tränen.

Er wusste nicht, wie lange sie so dasaßen und Rotz und Wasser heulten. Irgendwann stand Katy auf, verschwand und kam wenig später mit einer Schachtel Kleenex zurück. Als sie sich genau gleichzeitig schnäuzten, mussten sie lachen. Sie nahm ihr Weinglas und leerte es in einem Zug.

»Hast du auch etwas Stärkeres?«, fragte er.

»Was willst du?«

»Einen Cognac.«

»Ist schon unterwegs.«

Als Katy mit einem großen Schwenker und einer Flasche Napoleon zurückkam, fühlte er sich schon etwas entspannter.

Der Cognac tat gut. Er trank zu schnell, aber es war ihm egal.

Als der Schwenker fast leer war, fragte Katy: »Wollen wir die Fotos ansehen?«

Er begriff nicht, wovon sie sprach.

»Die Porträtserie von mir.«

Sogleich verkrampfte sich wieder jeder Muskel seines Körpers. Alles, nur nicht ihr zerschlagenes Gesicht ansehen. Nur das nicht!

»Komm«, sie zog ihn vom Sofa hoch. »Es ist wichtig.«

Ich bin so nah am Erst-August-Feuer, dass ich bald schmelzen werde. Wie Zitroneneis an der Sonne.

Die Flammen schießen mindestens fünf, sechs Meter hoch. Und noch viel, viel höher hinauf stieben die Funken. Wie ein Vorhang aus glimmenden Glühwürmchen, die unaufhörlich zu den Sternen hinauf fliegen.

Jemand reißt mich unsanft vom Feuer weg. »Spinnst du? Willst du verbrennen?«, schreit Rita. Sie legt mir die Hand auf die Stirn: »Du glühst schon. Komm weg hier.«

Sie zieht mich zwischen zischenden Vulkanen und aufblitzenden Knallfröschen fort. Luftheuler pfeifen durch die

Nacht. Raketen knallen und knistern. Bald liegt die Menschenmenge hinter uns, doch Rita hält nicht an. Sie führt mich unter eine große Linde, die am Hang etwa auf halbem Weg zum Dorf hinunter steht. Hier ist kein Mensch, aber das Prasseln des Feuers und die Böller sind immer noch zu hören. Wir setzen uns auf der vom Feuer abgewandten Seite unter den Baum. Vor uns die Lichter des Dorfs und der Kirchturm, der in dieser Nacht nicht beleuchtet wird, damit das Feuerwerk besser zur Geltung kommt.

An den Baumstamm gelehnt, legt Rita ihre Hand auf meine Wange. »Du glühst immer noch. Du spinnst wirklich.« Und dann: »Küsst du mich?«

Ich nicke.

»Du kannst mir auch unters T-Shirt fassen.«

»Und in die Shorts?«

»Hm. Okay, aber ich fass deinen Pimmel nicht an.«

»Warum nicht?«

»Ich kann das nicht.«

»Warum?«

»Das will ich nicht sagen.«

»Komm schon. Ich erzähle es keinem.«

»Nein«, sagte Rita bestimmt. »Willst du jetzt rummachen oder nicht?«

Also küsse ich sie. Und dann lasse ich meine Rechte unter ihr T-Shirt gleiten und taste nach den kleinen Wölbungen. Ich streichle ihre Brustwarzen, worauf sie leise zu stöhnen beginnt. Die andere Hand schiebe ich in ihre abgeschnittene Jeans. Als meine Fingerspitzen weiches Kraushaar ertasten, bin ich überrascht. Werde ich mit zwölf auch schon Schamhaare haben?

Ich will die Hand zurückziehen, aber Rita bittet mich weiterzumachen.

Ihr Schlitzchen fühlt sich glitschig und feucht an, aber unglaublich angenehm. Die Berührung bringt meinen ganzen Körper zum Kribbeln. Ich streichle und küsse sie lange, bis sie plötzlich zuckt und sich windet.

»Hab ich etwas falsch gemacht?«

»Nein, du Spinner«, flüstert sie. »Du hast alles richtig gemacht. Genau richtig.«

Nachher rutschen wir am Stamm hinunter, liegen beieinander und knutschen, während die Böller und Knaller immer weniger werden. Auch der Schein des Feuers dringt nicht mehr bis hierher. Es wird wohl zusammengefallen sein.

»Wenn du willst, kannst du es dir selber machen«, sagt Rita. »Ich küsse dich dazu.«

»Nein, schon gut«, flüstere ich.

»Bist du sicher?«

»Hm.«

»Du bist sehr zärtlich, Kurt. Yvette weiß gar nicht, was ihr entgeht. Liebst du sie immer noch?«

»Hm.«

»Verstehe.«

»Aber dich mag ich auch, Rita. Sehr.«

»Ich dich auch.«

Dann liegen wir eng aneinander gekuschelt da und blicken zum dichten Laubwerk hoch. Ab und zu glaube ich, in einer Lücke zwischen den Blättern einen Stern aufblinken zu sehen. Und plötzlich ist es ganz still. Nach einer Minute zischt doch noch eine einzelne Rakete in den Himmel und explodiert mit einem trockenen Knall. Gleich darauf prasseln einige Knallfrösche. Aber der Lärm nimmt merklich ab. Ich kann sogar Ritas Atem hören, bevor sie fragt: »Was willst du werden, wenn du erwachsen bist?«

»Keine Ahnung. Du?«

»Ich will zum Fernsehen. Als Kameramann.«

»Aber du bist doch ein Mädchen.«

»Was kann ich dafür, wenn der Beruf Kameramann heißt? Im Winter will ich Skirennen filmen und im Sommer Velorennen.«

»Und Fußball?«

»Klar, Fußball auch. Und die Olympiade. Stabhochsprung, Kugelstoßen, alles.«

»Das ist ein toller Plan.«

»Und du? Hast du wirklich keinen Plan?«

»Ich möchte mal Fallschirm springen.«

»Mann, Kurt. Das ist doch kein Beruf.«

»Ich weiß. Vielleicht Pilot.«

»Pilot ist auch toll.«

»Hm.«

»Denkst du, du wirst dich an diese Nacht erinnern, wenn du erwachsen bist?«

»Bestimmt«, sage ich. »Ich werde dich nie vergessen.«

»Du bist lieb.«

16

Katy führte ihn ins Studio. Als sie das Licht einschaltete, sah er eine lange Reihe von Schwarzweiß-Fotos an zwei Wänden lose aufgehängt. Jeder Muskel in seinem Körper verkrampfte sich. Er spürte sogar, wie sich seine Zehen in seine Schuhe krallten.

Er ließ ihre Hand los, trat einen Schritt zurück und sagte, er wolle das nicht sehen. Doch sie ließ nicht locker. Es sei wichtig für sie. Sie überlege sich, die Bilder auszustellen, und wolle seine Meinung hören. Dazu müsse er die Bilder gar nicht sehen, ereiferte er sich, er sei so oder so dagegen.

So ging das sicher zehn Minuten hin und her. Sie betonte immer wieder, wie wichtig es für sie sei. Sie habe die Fotos noch niemandem gezeigt. Er solle der erste sein. Aber er wollte partout keinen Blick darauf werfen. Er wolle sie nicht noch einmal so sehen, argumentierte er. Sie habe mit diesen Fotos einen Ausnahmezustand dokumentiert, das müsse er doch verstehen. Er habe sie immer für eine Künstlerin gehalten, nicht für eine Dokumentalistin. Auch dokumentarische Fotografie könne Kunst sein, entgegnete sie.

Obwohl sie die ganze Zeit mit ruhiger Stimme sprach, wurde Kurt immer wütender, bis er schließlich schrie: »Dann schau ich mir die Scheiß-Bilder halt an!«

Wie ein quengelndes Kind stampfte er wieder ins Studio hinein und pflanzte sich, die Arme in die Seiten gestemmt, vor die linke Wand auf. Das erste Bild zeigte Katy mit völlig verheiltem Gesicht, so wie sie jetzt aussah. Sie hatte die Fotos in umgekehrter Reihenfolge aufgehängt. Er schritt die Reihe langsam ab und erlebte dabei eine Metamorphose ihres Gesichts, die so erschreckend war, dass man unwillkürlich annahm, es sei alles künstlich. Vielleicht der Arbeitsprozess eines geschickten Maskenbildners aus Hollywood. Die Veränderungen wurden gegen Ende der Bilderreihe so drastisch, dass einem das Gesicht gar nicht mehr menschlich vorkam. Auf den Fotos, die Kurt selber im Spital aufgenommen hatte, war ein Alien abgebildet.

An der zweiten Wand hingen die unscharfen Bilder. Diesmal in richtiger Reihenfolge, beginnend mit der schlimmsten Entstellung. Da er zuvor die scharfen Bilder betrachtet hatte, erkannte er in den verschwommenen Aufnahmen den Zustand ihres Gesichts exakt. Er merkte, wie er die grauschwarzen Nebelporträts mehr befühlte als betrachtete. Alles kam wieder hoch, ganz besonders das Gefühl, dass sie ihm damit etwas antat. Sie hatte ihn gezwungen, sie so entstellt zu sehen, und nun hatte sie es ein zweites Mal getan. Der ganze Hass auf sie, nicht auf den Täter, packte ihn wieder. Jede Zelle in seinem Körper schien entzündet zu sein, so sehr nahm ihn das Ganze mit.

Danach konnte er lange nicht reden. Er wusste instinktiv, dass seine Worte nie wieder gut zu machen wären. Trotzdem kostete es ihn übermenschliche Anstrengung zu schweigen. Sie zog ihn an der Hand ins Wohnzimmer zurück und schenkte ihm noch einen Cognac ein. Kaum hatte er den ersten Schluck genommen, liefen ihm Tränen über die Wangen. Bald schluchzte er laut, sein ganzer Körper schüttelte sich unkontrolliert.

Katy blieb die ganze Zeit neben ihm auf dem Sofa sitzen. Er spürte ihren Blick und war dankbar, dass sie ihn nicht in die Arme nahm. Als der Weinkrampf vorbei war, drangen noch minutenlang einzelne Schluchzer aus ihm heraus. Jedes Mal zuckte er zusammen, als ob er über sich selber erschräke.

Irgendwann war der ganze Spuk vorbei, er saß völlig ruhig da und sah Katy in die Augen. Erst jetzt nahm sie seine Hand in ihre, schwieg aber noch lange mit ihm, bevor sie danke sagte. Und noch einmal: »Danke.«

Er nickte.

»Ich konnte vor dem Anblick nicht flüchten wie du«, begann sie mit leiser Stimme, die kein bisschen vorwurfsvoll klang. »Ich hatte nicht die Kraft, dich zurückzuhalten. Aber das jetzt war nötig.«

Wieder nickte er nur.

»Ich will die Bilder in New York ausstellen. Vermutlich werde ich sie in der Schweiz nie zeigen. Es soll eine einmalige Aktion bleiben. Deine heftige Reaktion bestärkt mich in meinem Entschluss.«

»Warum? Warum willst du diese Fotos zeigen?«

»Es geht um Deformation. Und um die Frage, ob mehr als nur der Körper deformiert wird.«

»Das ist doch banal! Das steht zum Vornherein fest.«

»Mag sein, aber diese Serie hält es fest. Hier wird ganz eindeutig mehr als nur die Oberfläche abgebildet. Mein Anspruch kommt nirgends so deutlich zum Ausdruck wie in dieser Fotoserie.«

»Darf ich dich um etwas bitten?«

»Sicher.«

»Hänge am Ende der Bilderreihe noch ein Porträt auf, das dich vor dem Vorfall zeigt. Vielleicht kleiner, nur im Postkartenformat oder so.«

»Warum willst du das?«

»Damit die Leute sehen, wie du vorher warst.«

»Verstehe. Das ist eine sehr gute Idee. Siehst du jetzt, wie du mir geholfen hast, wie wichtig es war, für mich, aber auch für dich?«

Er nickte. Nach einer Weile fragte er fast verzweifelt: »Wie soll ich dich nur je wieder intim berühren?«

»Wie bisher, Kurt. Ich liebe deine Berührungen.«

»Hasst du denn jetzt nicht alle Männer?«

»Ich hasse niemanden.«

»Nicht einmal den Vergewaltiger?«

»Nein. Ich empfinde nur Mitleid für ihn. Er ist ein armes Schwein.«

»Ein armes Schwein? In erster Linie doch wohl ein Schwein.«

»Nein, Kurt. Er ist ein armes Schwein. Auch er hat seine Geschichte, die ihn zu dem gemacht hat, was er heute ist.«

»Das entschuldigt ihn nicht.«

»Selbstverständlich nicht.«

Kurt nahm einen großen Schluck Cognac und seufzte laut. Gedankenverloren wiederholte er ihre Worte: »Es geht um Deformation.«

»Ja, mein ganzes Leben schon.«

Ich bringe Rita nach Hause. Wir gehen stumm nebeneinander her. Hand in Hand. Wir müssen beide um halb zwölf zuhause sein. So lange dürfen wir nur am ersten August draußen bleiben. Deshalb ist er mein liebster Feiertag. Meine ältere Schwester darf sogar bis halb eins draußen bleiben. Ich habe sie mal kurz beim Feuer gesehen. Sie hing mit den Jungs von der Moped-Bande rum. Das war ja klar. Irgendwann verschwanden sie alle. Fuhren vermutlich zum Katzensee, um nackt zu baden. Würde mich nicht wundern.

Plötzlich sagt Rita: »Kurt, ich könnte sowieso nicht mit dir gehen.«

Ich begreife nicht, was sie meint, und frage nach.

»Ich bin nicht normal«, sagt sie.

Jetzt verstehe ich sie noch weniger: »Natürlich bist du normal!«

»Nein, Kurt, eben nicht. Versprichst du mir, niemandem zu verraten, was ich dir nun sage?«

»Ich schweige wie ein Grab.«

Sie hält an und sieht mir in die Augen. Erst nach einer Weile sagt sie: »Ich stehe auf Mädchen. Das musst du unbedingt für dich behalten, Kurt.«

»Was war denn das eben unter der Linde? Ich bin doch kein Mädchen.«

»Das ging doch nur, weil du Yvette liebst. Und weil du so zärtlich bist.«

»Weil ich Yvette liebe? Was hat das damit zu tun?«

»Manno, Kurt! Du bist wirklich schwer von Begriff. Ich bin auch in Yvette verliebt.«

»Du? Aber du redest nie nett von ihr.«

»Das mache ich doch bloß, damit niemand Verdacht schöpft.«

»Warum sagst du es Yvette nicht einfach?«

»Bist du wahnsinnig?«, ruft Rita. »Ich kenne kein Mädchen, das mehr hinter Jungs her ist, als Yvette. Es ist halt

Pech, habe ich mich ausgerechnet in sie verliebt. Sie ist eben einfach heiß.«

»Ja, das stimmt. Dann haben wir beide dasselbe Pech.«

»Genau. Deshalb konnte ich ja mit dir rummachen. Ich verstehe dich so gut, so gut. Dadurch fühle ich mich dir sehr nahe, auch wenn du jünger und kleiner bist.«

»Rita?«

»Hm?«

»Ich finde dich trotzdem normal.«

»Du bist wirklich lieb, Kurt. Schade, bist du kein Mädchen.«

Dann nimmt sie wieder meine Hand, und wir gehen weiter stumm nebeneinander her. Vor ihrem Haus umarmt sie mich fest, drückt mir einen Kuss aufs linke Ohr und flüstert: »Ich bin froh, habe ich es dir doch noch gesagt. Du bist der Einzige, der das weiß. Du bist mein bester Freund. Danke für alles.«

Ratlos schlendere ich die wenigen Schritte zu unserem Haus. Wo hat Yvette wohl den ersten August verbracht? Vielleicht musste sie mit ihrer Familie zuhause feiern. Ihr Vater ist streng. Es würde zu ihm passen, dass er sie nicht allein zum Festplatz ließ. Mit Gerry schon gar nicht. Vermutlich wissen ihre Eltern gar noch nichts von ihm.

Unsere Haustüre ist noch nicht abgeschlossen. Ich höre Stimmen, gehe durchs Wohnzimmer in den Garten hinaus und begrüße meine Eltern und die Nachbarn, die im Licht von Lampions und Fackeln im Garten sitzen, plaudern und Rotwein trinken. Erwachsene sind schon unglaubliche Langweiler. Sie könnten nie und nimmer so etwas erleben wie ich eben.

17

»Ich fühlte mich auch angeschlagen, innerlich deformiert«, sagte Kurt. »Aber ich schäme mich, das zu gestehen, denn das wahre Opfer bist doch du.«

»Du bist genauso zum Opfer geworden«, entgegnete Katy. »Alle, die mich so zugerichtet sehen mussten, waren Opfer. Und alle, die diese Fotos sehen werden, werden auch Opfer sein. Aber ich will nicht Opfer bleiben, verstehst du? Deshalb muss ich diese Fotoausstellung machen. Statt mich für mein grauenvoll deformiertes Gesicht zu schämen, nehme ich all meinen Mut zusammen und zeige es allen. Jeder soll sehen, wie zerbrechlich unser Körper ist.«

»Unsere Gefühle sind auch zerbrechlich. Ich weiß, dass ich dich liebe. Aber ich finde keinen Zugang mehr zu dieser Liebe. Es ist, als ob eine Tür verschlossen wurde und ich den Schlüssel nicht finde.«

»Warum?«

»Wenn ich das wüsste. Ich habe keine Erklärung, bloß verwirrende Gefühle. Wut, Scham, Hass, Rachedurst, Verzweiflung. Ich weiß einfach nicht weiter.«

»Das erklärt, warum du nicht wirklich für mich da sein konntest«, sagte Katy. »Im Spital war es noch nicht so schlimm, dort wollte ich ohnehin allein sein. Aber jetzt brauche ich dich, Kurt. Ich brauche dich.«

Er umarmte sie und drückte sie fest an sich. Jetzt war es an ihr zu weinen. Die Tränen hörten gar nicht mehr auf zu fließen, und er hatte je länger je mehr den Eindruck, als flösse sie selber davon. Unwillkürlich drückte er sie noch fester. Er wollte sie behalten, das wusste er jetzt. Er wollte bei ihr bleiben. Aber wie konnten sie den Neuanfang schaffen?

»Wir schaffen das«, hörte er sich sagen.

»Wir schaffen das«, wiederholte Katy schluchzend.

Und er fühlte, wie er langsam aus dem schwarzen Loch auftauchte.

Yvette taucht gleich neben mir auf und spritzt mir einen Wasserstrahl aus ihrem Mund ins Gesicht. Sie kichert und neckt mich, aber mir ist nicht zum Lachen zumute. In zwei Wochen wird das Schwimmbad schließen. Das Ende des Sommers beschäftigt mich allerdings weniger als Yvettes Ankündigung, am ersten Oktober wegzuziehen. In eine andere Stadt. Deshalb kann ich mich gar nicht darüber freuen, dass sie mit Gerry Schluss gemacht hat.

Es ist eine Katastrophe. Ich werde nie mehr jemanden lieben können, nie mehr. Warum ist das Leben so? Warum geht immer etwas schief? Kaum ist man glücklich, wird man wieder unter Wasser gedrückt.

Gestern habe ich ganz viele Fotos von Yvette gemacht. Im Garten und im Wald. Einen ganzen Zwölfer-Film habe ich verknipst und sogleich zum Entwickeln gebracht. Nächste Woche kann ich die Bilder abholen.

Yvette drückt mich unter Wasser, doch ich habe keine Lust zu raufen und lade sie stattdessen zu einer Portion Pommes Frites ein. Sie nimmt begeistert an.

Ich kann nicht verstehen, wie sie so fröhlich sein kann, wenn wir doch in wenigen Wochen auseinandergerissen werden. Es scheint ihr überhaupt nichts auszumachen. Sie plappert ständig und schiebt sich eine Pommes nach der andern in den Mund. Sie ist wunderschön, wenn sie lacht. Trotzdem weiß ich nicht mehr, ob ich sie noch liebe.

Was sie redet, interessiert mich kein bisschen. Ständig schwärmt sie von David Cassidy und Pierre Brice oder redet von Kleidern, die sie sich neu gekauft hat. Oder von »unglaublichen« Dingen, die ihre Freundinnen erzählt haben. Oder von dem Armband, das sie sich von mir zum Abschied wünscht. Nicht ein einziges Mal sagt sie, sie sei traurig. Ist sie offensichtlich auch nicht. Aber ich bin es. Ich komme mir vor, als würde sich die Luft um mich herum in eine klebrige Masse verwandeln, bis ich mich nicht mehr bewegen kann und langsam in zähflüssigem Teer ersticke.

Plötzlich halte ich es nicht mehr aus und sage: »Yvette, du bist eine dumme Gans.«

Endlich zeigt sie Gefühle. Ihr Mund bleibt einige Sekunden lang offen, bevor sie mich einen Idioten schimpft. Dabei wackelt ihr Hintern tatsächlich wie der einer Gans, als sie davon stolziert. Und ich verstehe, ich verstehe einfach nicht mehr, warum ich mich überhaupt in sie verliebt habe.

Er konnte nicht einschlafen und hörte auf Katys gleichmäßigen Atem. Kaum im Bett, war sie eingeschlafen. Er war froh, dass damit die Frage nach Sex aufgeschoben war. Gleichzeitig wollte er Katy auf keinen Fall verlieren. Also musste es ihm irgendwie gelingen, seine Abscheu zu überwinden. Schließlich verabscheute er nicht sie, sondern den Vergewaltiger. Er musste das in den Griff bekommen. Aber wie?

Er faltete unter der Decke die Hände und begann zu beten. Das hatte er seit seiner Kindheit nicht mehr getan. Als er Amen sagte, fühlte er sich schon besser.

Unwillkürlich lächelte er. Zudem wuchs in ihm die Sicherheit, diese Krise überwinden zu können. Er wusste nicht wie, aber er wusste, sie würden es wirklich schaffen.

Zu oft hatte er Beziehungen beendet, sobald sie schwierig wurden. Doch diesmal war alles anders. Diesmal liebte er.

Katy kuschelte sich an ihn und fragte, ob er nicht schlafen könne.

»Nein«, sagte er und war erstaunt, dass er es genoss, als sie ihre Hand unter seinen Pyjama schob und auf seiner Brust liegen ließ. Er spürte nicht die geringste Abscheu. Innerlich dankte er Gott.

»Soll ich dir ein Schlaflied singen?«, fragte Katy.

»Wenn du magst.«

Verschlafen sang sie »Ich ghöre es Glöggli« und »Schlaf, Chindli, schlaf«. Dann fragte sie: »Schläfst du jetzt?«

»Ja.«

»Gut. Dann kann ich ja auch wieder einschlafen.«

Und das tat sie auch nach wenigen Minuten. Irgendwann fielen auch ihm die Augen zu.

»Was?«, ruft Rita. »Das hast du nicht gesagt!«

»Doch, ich schwöre es. Ich habe sie eine dumme Gans genannt.«

»Ich fass es nicht. Warum?«

»Sie kam mir plötzlich so hohl vor. Ich kann mit ihr nicht so reden wie mit dir. Sie scheint gar nie zuzuhören und spricht immer nur von sich selber. Erzähle ich ihr etwas von mir, unterbricht sie mich und sagt, ihr sei noch etwas viel Ex-

tremeres passiert, blabla. Sie interessiert sich gar nicht für mich.«

»Das hätte ich nicht von ihr gedacht«, sagt Rita und lässt die Schultern hängen.

Mir ist sofort klar, weshalb. Ich bin gerade daran, ihr schönes Bild von Yvette zu zerstören. Das wollte ich nicht. Deshalb sage ich: »Ach was! Wahrscheinlich liegt es an mir. Ich bin einfach frustriert, weil sie bald fortzieht.«

»Schon gut, Kurt«, sagt Rita traurig. »Es ist gut, wenn du mir die Augen öffnest. Aber angenehm ist es nicht, das kannst du mir glauben.«

Ich lege den Arm um sie und schaue in die Äste hinauf. Eine Weile sitzen wir stumm nebeneinander auf der Bank am Waldrand. Grillen zirpen und ab und zu weht Kindergeschrei zu uns herüber. Plötzlich dreht sich Rita zu mir, umarmt mich und weint. Ich spüre ihre heißen Tränen auf meinem Hals. Immer wieder streiche ihr übers Haar, aber es dauert lange, bis sie sich beruhigt.

Die Sonne geht zwischen den Pappeln unter, die sich hinter dem Dach unseres Hauses in den Himmel strecken. Erste Fledermäuse flitzen vor dem Abendrot hin und her. Ich kann mir nicht vorstellen, wie sie sich mittels Echolot orientieren. Sie »sehen« die Welt mit den Ohren. Die Schönheit, die mich so tief berührt, interessiert sie gar nicht. Ihnen kann so eine Enttäuschung, wie ich sie gerade erlebte, nie passieren. Ich wünschte, das Aussehen von Mädchen würde mich nicht so stark beeindrucken. Vielleicht wünscht sich Rita gerade dasselbe.

»Es ist gut, ist es so gekommen«, flüstert Rita. »Dann wird es uns leichter fallen, Yvette zu vergessen.«

»Hm«, sage ich und weiß doch, ich werde sie nie vergessen. Sie wird gehen und doch bleiben. Ich spüre es ganz stark. Irgendetwas von ihr wird immer in mir bleiben. Vielleicht ihr Lachen. Oder der erste Kuss, den sie mir gab. Oder die Erinnerung an ihre dunklen Locken.

»Ich werde sie nie vergessen«, gebe ich zu.

»Ich weiß«, antwortet Rita. »Ich auch nicht.«

»Scheiße!«

»Das kannst du laut sagen.«

»Vielleicht sollte ich mich entschuldigen.«

»Vielleicht. Obwohl …«

Rita seufzt und schaut den Fledermäusen zu.

»Sollen wir?«, frage ich grinsend.

»Ja«, ruft sie und springt von der Bank auf.

Wir laufen zum nächsten Maulwurfhügel und suchen uns ein paar Kieselsteine zusammen. Dann stellen wir uns auf die Spielwiese, warten ab, bis eine Fledermaus über unseren Köpfen flattert und werfen je einen Stein in ihre Richtung. Nicht, um sie zu treffen, das ist unmöglich, sondern, um sie zu Kapriolen und Loopings zu zwingen. Im ersten Moment halten sie die Steine nämlich für Käfer oder andere Insekten, ändern schlagartig ihren Kurs und jagen den fallenden Steinen hinterher, bis sie nach wenigen Augenblicken ihren Irrtum erkennen und wieder aufsteigen.

Wir können nicht genug kriegen von diesem Spiel, sammeln immer wieder neue Kieselsteine und werfen sie fieberhaft in den dunkler werdenden Himmel. Erst als wir gar nichts mehr sehen können, hören wir auf, die Fledermäuse zu täuschen, und fallen uns lachend in die Arme. Erschöpft und verschwitzt lassen wir uns ins Gras fallen.

»Die sind so blöd, die Fledermäuse«, lacht Rita.

»Sie können halt nicht anders.«

»Blöd! Ich sag's ja.«

Wir lachen wieder, aber es klingt nicht mehr so echt wie vorhin. Ich spüre, wie die kühle Feuchtigkeit des Bodens durch mein T-Shirt dringt. Es wäre wohl an der Zeit, nach Hause zu gehen, aber keiner von uns will den ersten Schritt machen.

18

Kurt trat in die Kälte hinaus. Die Bise pfiff um die Häuser. Er eilte die regennasse Straße hinunter und fragte sich, ob es schneien würde. Als Kind konnte er den ersten Schnee riechen, einen Tag bevor er fiel. Das gelang ihm schon lange nicht mehr. Er begann zu laufen, weil er das Tram kommen sah. Er erwischte es gerade noch.

Immer wenn er im Tram saß und die vielen mürrischen Morgengesichter sah, musste er an Mani Matters Lied »Warum syt dir so truurig?« denken. Darin fragt er die Schweizer, warum sie so traurig seien, obwohl sie doch alles hätten und es ihnen gut gehe. Vielleicht wären sie nicht so traurig, wenn sie einen Grund hätten. Mancher, dem das Leben wehtäte, besinne sich dadurch wieder darauf, zu leben.

Was bedeutete eigentlich für Kurt leben? Die Arbeit? Wohl kaum, auch wenn er seinen Job liebte. Die Liebe? Dann hätte er ja noch kaum gelebt. Vielleicht liegt das, was das Leben wirklich ausmacht, an den Rändern all dessen, was man gemeinhin für Leben hält: Familie, Job, Freunde, Erfolg, Liebe. Niemand will für die negativen Dinge leben. Krankheit, Tod, Unfälle, Pech, Misserfolg, Liebeskummer, Streit, Trennung, Krieg, Hunger, Armut. Niemand will auch nur einen Bruchteil davon, und doch bekommt jeder seinen ganz eigenen Anteil. Niemand ist so naiv zu denken, es ginge ohne. Trotzdem nennt niemand auch nur eine negative Sache, wenn er gefragt wird, worum es im Leben gehe. Alle hoffen, dass ihr Anteil an Unglück nur ganz klein sein würde. Und manchmal ist es das Unglück anderer, das einem den größten Kummer bereitet.

Er wusste immer noch nicht, wie es mit Katy und ihm weitergehen sollte. Zum Glück hatte sein Freund Silvan Zeit, mit ihm einen Kaffee zu trinken. Er musste unbedingt mit jemandem reden.

Erst als er aus dem Tram stieg, realisierte er, dass es wieder zu regnen begonnen hatte. Er rannte die paar Meter bis zum Café, trat ein und entdeckte Silvan ganz hinten im Raum.

Nach einer Umarmung fragte Silvan: »Und? Wie geht es Katy?«

»Besser als mir.«

»Red keinen Scheiß.«

»Im Ernst.«

»Solltest du jetzt nicht für sie da sein?«

»Doch«, sagte Kurt kleinlaut. »Das ist ja das Problem. Ich fühle mich wie ein Idiot und kann es doch nicht ändern.«

»Was ist dein Problem, Kurt?«

»Wenn ich das wüsste. Seit der Vergewaltigung stimmt etwas nicht mehr mit mir. Ich kann Katy nicht mehr so lieben wie vorher.«

»Das nehm ich dir nicht ab«, meinte Silvan. »Da ist noch mehr im Busch.«

Sein bester Freund hatte die Intuition einer Frau. Zum Glück rettete ihn die Bedienung kurzzeitig, die kam, um seine Bestellung aufzunehmen.

»Hab ich recht?«, drängte Silvan.

»In der Nacht, als es passierte, habe ich mit einer anderen geschlafen. Ich hätte bei Katy sein sollen. Ich hätte sie beschützen sollen.«

»Jetzt hör aber auf! Denkst du etwa, das sei Gottes Strafe oder so?«

»So was in der Art, ja.«

»Scheiße, Kurt. Jetzt komm mal wieder runter. Vergiss dein kleinkariertes schlechtes Gewissen und kümmere dich um Katy. Du hast es ihr hoffentlich nicht gebeichtet.«

»Nein.«

»Gut«, sagte Silvan. »Und das wirst du auch nicht. Das könnte eurer Beziehung wirklich schaden.«

»Das tut es doch schon«, seufzte Kurt. »Ich weiß nicht mehr, was mit meinen Gefühlen passiert. Ich bin völlig durcheinander.«

»Na und? Alles andere wäre ja wohl nicht normal. Katy ist vergewaltigt worden, Mann. Das geht nun mal nicht spurlos an euch vorüber.«

»Aber ich will, dass wieder alles wie vorher ist.«

»Ich will Schokolade, quengelte das Kind. Werd erwachsen, Kurt. Das Leben ist nicht das, was du willst, sondern das, was du bekommst. Deal with it!«

Die Bedienung brachte Kurts Kaffee. Er bedankte sich kaum hörbar, nahm einen Schluck und schaute zum Fenster hinaus. »Deal with it. Das ist leichter gesagt als getan.«

»Mensch, Kurt! Du bist ein Arschloch.«

»He! Du bist mein bester Freund.«

»Und als solcher bin ich verpflichtet, dir zu sagen, wenn du dich wie ein Arschloch aufführst. Unternimm endlich was, werd aktiv. Führ sie aus! Kino, Theater, Restaurant, was weiß ich. Schenk ihr Blumen. Geh mit ihr wellnessen. Mach einfach was! Es gibt kein Rezept, aber mach was.«

»Das klingt so banal. Ich kann nicht glauben, dass danach alles besser ist.«

»Ist es auch nicht. Aber es beginnt, besser zu werden. Unternimmst du jedoch nichts, wird es garantiert schlechter. Glaub mir.«

»So einfach soll das sein?«

»Ja, so einfach. Was nicht heißt, dass es leicht wird. Du musst dich zusammenreißen. Für Katy. Und letzten Endes auch für dich.«

»Wahrscheinlich hast du recht.«

»Ich habe bestimmt recht.«

Beide tranken Kaffee und schauten einander in die Augen.

»Findest du mich wirklich ein Arschloch?«, wollte Kurt wissen.

»Manchmal. Jetzt besonders«, sagte Silvan, grinste aber dazu.

Es ist ein strahlender erster Oktober. Ich helfe Yvettes Familie Kisten und Schachteln zum Umzugswagen zu schleppen, Stühle und Ständerlampen. Vieles ist mir aber zu schwer. Yvette hat nur hallo gesagt, nichts weiter. Ihr Haus leert sich immer mehr, die Zimmer hallen sonderbar.

Plötzlich stehen wir uns allein in ihrem Zimmer gegenüber. Es fällt mir schwer, in ihre Augen zu sehen, aber ich tue es. Und irgendwann sage ich: »Es tut mir leid, Yvette. Ich will nicht, dass wir uns so verabschieden. Du bist das erste Mädchen, das ich geliebt habe. Ich habe dich jahrelang geliebt, und als ich dich endlich bekam, hab ich es verbockt. Bitte verzeih mir.«

Ihr Blick wird weicher, und sie lächelt sogar ein wenig. Dann sagt sie: »Weißt du, Kurt, ich hatte mich wahnsinnig gefreut, weil du mich wirklich liebtest. Und ich wollte diese Liebe verdienen. Deshalb wollte ich es so schön wie möglich haben mit dir. Dabei fürchtete ich mich die ganze Zeit vor diesem Tag heute.«

»Warum hast du nie etwas gesagt? Das hätte alles geändert. Ich glaubte, dir sei unsere bevorstehende Trennung egal.«

»Wie konntest du nur so etwas von mir denken?«

»Du warst doch ständig fröhlich und gut drauf.«

»Für dich. Ich tat das für dich. Ich wollte dir unsere letzten gemeinsamen Wochen so schön wie möglich machen.«

»Wenn ich das gewusst hätte …«

Wir schauen einander in die Augen, ohne etwas zu sagen. Dann macht sie zwei Schritte auf mich zu und umarmt mich.

Wir stehen lange so da, bis Yvette mir etwas ins Ohr flüstert: »Versprichst du mir etwas?«

»Alles.«

»Schreib mir. Ich möchte deine Brieffreundin sein. Ich möchte, dass du mir alles anvertraust. Wirst du das tun?«

»Hm.«

»Wirklich?«

»Ich denke schon.«

»Gut«, sagt Yvette und lässt mich wieder los. »Dann kann ich dir vielleicht helfen, wenn du dich das nächste Mal verliebst. Damit du dich nicht wieder so ungeschickt anstellst.«

»Ich weiß nicht, ob ich mich je wieder verliebe.«

»Ach, Kurt!«, lacht sie, umarmt mich noch einmal kurz, und dann schleppen wir ihre letzte Kiste gemeinsam aus ihrem leeren Zimmer.

Seit dem Treffen mit Silvan waren ein paar Tage vergangen. Er hatte Katy einmal ins Restaurant und einmal ins Kino ausgeführt. Sie hatte sich gefreut, aber er wusste, dass er nur »Normalität« spielte. Er fand einfach nicht in ihr altes Leben zurück. Und mit dem neuen kam er immer noch nicht zurande. Je länger je mehr kam es ihm so vor, als säßen Katy und er auf zwei verschiedenen Zeitinseln, die langsam auseinander drifteten. Sie hatten noch Blickkontakt. Doch für wie lange noch?

Der Cursor zeigte immer noch vorwurfsvoll auf das Ende des halbfertigen Satzes, den er vor einer halben Stunde geschrieben hatte. Er musste diesen Artikel bis morgen Mittag fertig haben.

Er wählte Katys Nummer. Es klingelte lange. Gerade als er auflegen wollte, meldete sie sich.

»Ich wollte nur deine Stimme hören«, sagte er.

»Hm. Du hast mich aus dem Labor geklingelt.«

»Störe ich?«

»Nein. Geht schon.«

»Woran arbeitest du?«

»An den Vergrößerungen für die Ausstellung.«

Er wusste, von welcher Ausstellung sie sprach. Um seinen inneren Widerstand zu überwinden, plapperte er einfach drauflos.

»Gestern traf ich den Lichtkünstler, von dem ich dir erzählt hatte, im Haus Konstruktiv. Nun schreibe ich gerade am Artikel über ihn. Ich lese dir mal etwas vor, das er gesagt hat. Ich denke, das könnte dir gefallen. Es geht um seine »Dark Spaces«, die so schwach beleuchtet sind, dass sie beim Eintreten ganz dunkel wirken. James Turrell sagte dazu: »Erst nach etwa zehn Minuten beginnt jenes Sehen, das nur mit weit geöffneten Pupillen möglich ist. Dann kommt ein Fühlen aus den Augen, das man wie ein Berühren empfindet. Wir beginnen mit unseren Augen zu spüren. In diesem Zustand sehen wir Farben viel besser. Jede Farbe wirkt reicher. Und man gelangt an einen Punkt, wo man nicht mehr weiß, ob das Licht, das man sieht, von innen oder von außen kommt.«

»Das hat er dir gesagt?«

»Ja. Auf Amerikanisch natürlich.«

»Das ist unglaublich schön. Ich will unbedingt in diese Ausstellung. Kommst du mit?«

»Gerne.«

»Obwohl du sie schon kennst?«

»Ich konnte mir nicht so viel Zeit nehmen. Ich gehe gerne mit dir noch mal hin.«

»Kannst du mir noch etwas von ihm vorlesen?«

»Hm. Lass mich sehen. Ich muss etwas hoch scrollen. Ach ja, das könnte dich auch interessieren. Turrell sagte: »Ich verwende Licht nie, um etwas zu beleuchten. Ich bin vielmehr an der Stofflichkeit des Lichts selber interessiert.« Er hat mir erklärt, er möchte, dass sich die Besucher des eigenen Sehens bewusst werden, quasi ihr eigenes Sehen sehen.«

»Das ist wundervoll«, sagte Katy begeistert. »Ich frage mich, ob man seine Kunst fotografieren kann.«

»Ich habe einen Ausstellungskatalog mit vielen Abbildungen erhalten. Doch den Fotos fehlt nicht nur die Dreidimensionalität des Raumes, sondern auch die Magie des Leuchtens. Das kann man offenbar überhaupt nicht festhalten.«

»Umso mehr will ich in die Ausstellung. Hast du morgen Zeit?«

»Am Nachmittag. Ich muss den Artikel bis Mittag abgeben. Danach könnten wir hingehen. Wollen wir uns um zwei dort treffen?«

»Halb drei. Okay?«

»Okay.«

»Ich freue mich.«

»Ich mich auch. Tschüss, Katy.«

»Kisskiss.«

So verabschiedete sie sich immer am Telefon.

Das Gespräch hatte ihm gutgetan. Er konzentrierte sich wieder auf den Bildschirm: »Mich fasziniert das …«

Er schaute auf seine Notizen, um das vollständige Zitat abzutippen: »Mich fasziniert das unsichtbare Licht, jenes Licht, das nur geistig wahrnehmbar ist, das Licht, das wir in unseren Träumen sehen.«

19

Im dritten Brief an Yvette erzähle ich ihr von dem Traum, den ich letzte Nacht hatte. Wir stehen auf dem Schulhof. Ich frage sie, ob ich sie küssen darf. Warum, fragt sie. Weil ich mich in dich verliebt habe. Also gut, triff mich im Materialraum. Sie rennt los und verschwindet im linken Flügel des Schulhauses. Ein Schatten fällt auf mich. Ich blicke hoch und sehe einen riesigen silbernen Zeppelin, der ganz tief über meinen Kopf hinweg schwebt. Sekunden später kracht er in den linken Flügel des Schulhauses und geht in Flammen auf. Brennende Menschen fallen aus der Kabine. Ich finde es sonderbar, dass ich ihren Aufprall auf dem asphaltierten Schulhof ganz genau höre, obwohl das Gebrüll der Flammen alles übertönt. Yvette fällt mir ein. Ich laufe los, um sie zu retten. Doch ich komme nicht vom Fleck. Meine linke Körperhälfte wird ganz heiß, als hätte sie Fieber. Ich renne und renne und bleibe doch an Ort. Ich rufe Yvettes Namen. Als die letzten Trümmerteile brennend zu Boden fallen, erwache ich.

Ich frage Yvette im Brief, ob sie eine Ahnung habe, was der Traum bedeuten könnte. Dann frage ich sie noch, ob ihr auch schon aufgefallen sei, dass »Let It Be« ganz anders klinge als alle anderen Beatles-Langspielplatten. Ich höre sie gerade, auch wenn meine Schwester es nicht leiden kann, wenn ich ihre Platten abspiele. Sie soll sich nicht so anstellen. Schließlich bin ich kein kleines Kind mehr. Ich werde die LP schon nicht zerkratzen.

Am Schluss schreibe ich noch viele herzliche Grüße und zeichne eine kleine Karikatur. Ein Männchen mit großer Nase, das auf einem Zeppelin reitet. Dann falte ich das Papier und stecke es in den Umschlag. Am Abend bitte ich meinen Vater um eine Briefmarke.

In seinen Büchern über Luftfahrt habe ich schwarzweiße Fotos von einem brennenden Zeppelin gesehen. Hindenburg heißt er. Aber in meinem Traum war alles farbig und fühlte sich wie echt an.

Kurt hasste den Dezember, besonders wenn er so neblig und kalt war wie an diesem Abend. Als er an Katys Tür klingelte, wurde gerade die Straßenbeleuchtung eingeschaltet.

Kaum hatte sie die Tür geöffnet, zog sie ihn ohne ein Wort ins Haus, führte ihn an der Hand ins Wohnzimmer, zog ihm den Mantel aus und bedeutete ihm, sich aufs Sofa zu setzen. Dann verschwand sie und kam mit einem ordentlich gefüllten Cognacglas zurück. Erst nachdem er einen Schluck genommen hatte, fragte sie: »Was ist los, Kurt? Du bist kreidebleich.«

»Ich war bei diesem Hypnotiseur.«

»Ich weiß. Du hast von dem Artikel erzählt, den du schreiben sollst.«

»Nach dem Interview hat er mir angeboten, eine Rückführung zu machen. Es sei leichter, über etwas zu schreiben, das man am eigenen Leib erfahren habe.«

»Klingt einleuchtend«, fand Katy.

»Deshalb habe ich auch sofort zugesagt. Doch wenn ich gewusst hätte …«

Katy umarmte ihn. Ihre Wärme tat gut. Sie drängte ihn, noch etwas Cognac zu trinken. Er tat ihr den Gefallen.

»Erzähl einfach alles.«

»Es ist so unglaublich, Katy. Aber in meinem Innern wiederholt eine Stimme hartnäckig, dass alles wahr sei.«

»Was für eine Stimme?«

»Meine eigene. Ich selber sage mir, dass es stimmt. Aber es fällt mir schwer, alles zu glauben.«

»Was denn, Kurt? Erzähl!«

»Nun, zuerst dachte ich noch, die Hypnose funktioniere bei mir vielleicht gar nicht. Im nächsten Moment schien ich durch einen dunklen Tunnel zu schweben und an einem anderen Ort herauszukommen. Alles wirkte völlig real. Ich schaute mit vielen anderen Leuten zu, wie die Hindenburg zur Landung ansetzte. Seile wurden herabgelassen. Während Männer am Boden versuchten, diese festzumachen, begann es zu regnen. Sekunden später schlugen Flammen aus dem gigantischen Zeppelin. Und ich fotografierte alles. Verstehst du? Ich war Fotograf. Und der brennende Zeppelin stürzte auf den Mast und all die Männer am Boden. Passagiere fielen oder sprangen aus der Kabine. Es war schrecklich.«

Katy hielt ihm wieder den Cognac unter die Nase. Kurt nahm noch einen großen Schluck.

»Dann war ich auf einmal wieder in diesem Tunnel aus schwarzem Nebel, bis ich plötzlich auf einem Pferd saß. Ich fühlte mich komplett anders; als mächtigen Sieger. In der Hand hielt ich ein splitternacktes Baby an den Fußgelenken. Es hing mit dem Kopf nach unten und schrie fürchterlich. Seine Mutter stand neben meinem Pferd und flehte mich an. Ich war ein Mongole. Und ich schlug den Kopf des Babys gegen einen brennenden Dachbalken. Es verstummte sofort, und ich warf es achtlos weg. Die Mutter warf sich heulend auf den leblosen Körper. Danach stieg ich vom Pferd, nahm eine Art Keule und schlug sie mit voller Wucht der Mutter ins Gesicht. Sie sackte leblos zusammen. Ich lachte wie wahnsinnig, und meine Männer begannen auch zu lachen.

Dann weckte mich der Hypnotiseur auf, und der Spuk war vorbei.«

»Was sagte er dazu?«

»Er meinte, jede Rückführung sei heilsam, egal wie schlimm das Erlebnis auch sei. Ich sagte, ich würde ihm nicht glauben. Doch er meinte nur, ich würde es dann schon selber sehen. Bis jetzt sehe ich nur den Schock. Ich war ein Monster.«

»Und sonst siehst du nichts?«

»Doch. Schon …«

»Vielleicht hat der Hypnotiseur ja doch recht.«

»Schwer zu glauben.«

»Trink noch den letzten Schluck.«

Die feurige Hitze des Alkohols weckte Kurts Lebensgeister. Es kam ihm vor, als würde er erst jetzt wieder im Hier und Jetzt ankommen. Er umarmte Katy und murmelte: »Worauf habe ich mich da bloß eingelassen?«

»Lass es wirken, Kurt. Urteile nicht vorschnell. Und vergiss nicht: Das waren nur Momentaufnahmen aus zwei deiner früheren Leben. Du kannst nicht wissen, wer diese beiden Männer waren und warum sie so waren.«

»Bisher habe ich nicht mal an die Wiedergeburt geglaubt.«

»Vielleicht solltest du etwas darüber lesen.«

»Das werde ich bestimmt tun. Aber diese Bilder werde ich nie mehr los. Tod, Gewalt, Feuer, das zertrümmerte Gesicht der Mutter, dieses Geräusch von splitternden Knochen. Was soll daran heilsam sein?«

»Komm, Kurt. Wir legen uns eine Weile hin. Du musst dich unbedingt ausruhen.«

»Ich sollte das Interview transkribieren.«

»Das kann bis morgen warten.«

Katy führte ihn die Treppe hinauf in ihr Schlafzimmer. Sie legten sich aufs Bett. Er spürte noch, wie sie sich an ihn kuschelte und sein Ohr küsste. Danach wusste er nichts mehr.

Irgendwann hörte Kurt auf, Yvette zu schreiben. Ihre Antworten nervten ihn. Mädchenzeugs. Sie schrieb noch drei-, viermal. Einmal hatte sie sogar angerufen, aber er war gerade nicht zuhause gewesen. Seine Mutter hatte es ihm ausgerichtet. Er rief nie zurück. Und irgendwann kamen auch keine Briefe mehr. Yvette wurde zu einer Erinnerung. Das Einzige, was ihm von ihr blieb, waren die Briefe und die Fotos, die er von ihr gemacht hatte.

Er wollte mit einem neuen Mädchen erleben, was er mit Rita, aber nie mit Yvette erlebt hatte. Doch er getraute sich nicht, eins zu fragen. Er war auch in kein Mädchen verliebt. Vielleicht würden noch Jahre vergehen, bis seine Finger wieder mal eine feuchte Muschi fühlen konnten. Der Gedanke machte ihn traurig. Aber so war es nun mal. So einen Sommer erlebt man wahrscheinlich kein zweites Mal. Oder erst nach vielen Jahren wieder. Er wusste, dass die Zeit noch nicht reif war.

Schon fühlte sich alles wie ein Traum an. Der erste August mit Rita, die Küsse mit Yvette. Alles versank in einem Nebel, der nach und nach seine Gefühle erstickte. Irgendwann war es fast so, als wäre alles nie geschehen. Es verschwamm mit seinen Tagträumen von schönen Mädchen. Weichgezeichnet wie die »Bravo«-Poster des berühmten Fotografen David Hamilton an seiner Wand. Verschwommen. Nicht wirklich. Traumbilder aus einer ganz anderen Zeit. Es bestand keinerlei Verbindung. Er war allein und blieb allein.

20

Die Vernissage ist ein voller Erfolg. Die Leute stehen einander auf die Füße. Nachdem Katys Galeristin von der geplanten Ausstellung in New York erfahren hatte, wollte sie die Fotoserie vorher unbedingt auch in Zürich zeigen. »Das Magazin« des »Tages-Anzeigers« hat in der Rubrik »Ein Tag im Leben von« über Katy geschrieben und auf die Ausstellung hingewiesen. Das hat sicher geholfen.

Ich staune aber auch immer wieder, wie viele Leute Katy kennt. Sie sind alle gekommen.

Mittlerweile kann ich die Fotos ansehen, ohne dabei in kalten Schweiß auszubrechen. Aber darüber zu reden, fällt mir immer noch schwer. Zum Glück scheint es den Gästen ähnlich zu gehen. Bis jetzt hat mich noch niemand auf die Bilder angesprochen. Noch nie ist mir unverbindlicher Small Talk lieber gewesen als heute.

Ganz entgegen meiner Gewohnheit bleibe ich bis zum Schluss. Obschon Katy gar keine Zeit für mich hat, spüre ich, dass sie meine Anwesenheit schätzt. Ab und zu wirft sie mir Blicke zu und lächelt.

Kurz bevor die Galerie schließt, spricht mich eine Frau mit Kurzhaarschnitt an: »Kurt? Bist du es wirklich?«

»Rita?«

Nach kurzem Zögern fallen wir einander in die Arme.

»Das gibt's ja nicht«, sagt sie. »Wie lange haben wir uns nicht mehr gesehen?«

»Zwanzig Jahre?«

»Oder mehr. Wahnsinn! Du hier. Ich freue mich sehr.«

Dann umarmen wir uns gleich noch einmal, und sie stellt mir ihre Freundin Ute vor. Ihren Schatz, wie sie sagt. Die beiden sind ein schönes Paar. Sie freuen sich, als ich es ihnen sage, und schauen einander verliebt an.

»Wieso bist du hier?«, fragt Rita.

»Die Fotografin ist meine Freundin.«

»Du verarschst mich.«

»Nein, wirklich.«

»Oh, mein Gott, Kurt. Das muss dann ja wohl auch für dich grauenvoll gewesen sein.«

»Das kannst du laut sagen.«

»Wie kannst du diese Fotos überhaupt aushalten?«

»Jetzt geht es langsam. Aber am Anfang war es schlimm. Zuerst war ich auch dagegen, dass sie diese Fotos überhaupt macht. Und dann war ich dagegen, dass sie sie ausstellt. Aber es ist wichtig für sie.«

»Weshalb?«, fragen Rita und Ute gleichzeitig.

Ich seufze und weiß nicht, was antworten. Dann fällt es mir plötzlich ein. Eine Eingebung: »Sie ist halt Künstlerin.«

Die beiden Frauen nicken. Ich lade sie ein, mit uns noch in die Bar auf der anderen Straßenseite zu kommen. Dort stelle ich sie Katy vor.

»Rita war das erste Mädchen, das ich geküsste habe.«

»Ist das wahr?«, fragt nicht nur Katy, sondern auch Ute.

Rita und ich nicken lachend.

»Kurt war in der Kindheit mein bester Freund. Und wir hatten etwas gemeinsam: Wir waren beide in dasselbe Mädchen verliebt.«

»Das ist ja sehr speziell«, meint Ute. »Und? Wer hat sie gekriegt?«

»Kurt natürlich.«

»Aber nicht lange«, relativiere ich. »Sie zog nach wenigen Wochen in eine andere Stadt. Danach verloren wir uns aus den Augen.«

»Ich bin ihr vor etwa drei Jahren mal zufällig begegnet«, sagt Rita.

»Und?«

»Sie hatte zwei süße Mädchen im Primarschulalter. Die Ältere sah genauso aus wie Yvette damals. Vielleicht sogar noch schöner.«

Ich schüttle den Kopf und nehme einen Schluck Bier.

»Und ihr Mann war nicht dabei?«, will ich wissen.

»Nein«, sagt Rita und blickt zu Boden. »Er ist gestorben.«

»Oh, mein Gott! Die arme Yvette.«

»Das hatte sie ziemlich aus der Bahn geworfen. Aber sie sagte, sie habe sich für ihre Mädchen zusammenreißen müssen. Es sei ein Glück gewesen, dass die Kinder sie mehr denn je brauchten, sonst wäre sie wohl zusammengebrochen.«

»Wahnsinn«, sage ich. »Du erinnerst dich an ein Kind, hast immer noch dieses Bild von ihr vor dem inneren Auge, und dann das.«

»Genau«, sagte Rita. »Doch weißt du, was das Verrückte ist? Ich hatte sie sofort erkannt, genau wie dich eben. Nicht einmal der Tod ihres Mannes konnte ihrer Schönheit etwas anhaben. Sie sah immer noch atemberaubend aus.«

»He«, sagt Ute gespielt empört. »Ich werde noch eifersüchtig.«

Wir lachen, und dann sagt Rita: »Du bist auch immer noch sehr attraktiv, Kurt.«

»Ach was«, wehre ich verlegen ab.

»Ute, stimmt es oder hab ich recht?«

»Und ob du recht hast.«

»Ich kann das nur bestätigen«, mischt sich Katy ein und legt den Arm um mich.

»Ich werde noch rot.«

In Wahrheit genieße ich den Moment. Wir lachen und schwatzen und trinken noch lange. Bevor wir auseinandergehen, tauschen Rita und ich noch die Telefonnummern aus. Sie und Ute wollen uns bald zu einem Fondue einladen.

Über Nacht hatte es geschneit. Kurt war ganz überrascht, weil er den Schnee nicht gerochen hatte. Bisher konnte er immer voraussagen, wann der erste Schnee fallen würde.

Es war der zweite Advent 1971. Kurt war ziemlich spät aufgestanden, weil er am Abend zuvor mit seinem Vater am Eishockeymatch war. Kloten hatte gegen La Chaux-de-Fonds verloren. Deshalb war er schlecht gelaunt. Er hatte nicht mal Lust, schlitteln zu gehen.

Er lag auf dem Bett und las alte »Falk«-Comics. Ritter Falk und sein Freund Bingo erlebten ständig Abenteuer und hatten gar keine Zeit für Frauen. Vielleicht würde Kurt auch nicht mehr an Mädchen denken, wenn er ein Held wäre. Aber er war nun mal ein ganz gewöhnlicher Junge, der zur Schule ging.

Er hatte keine Ahnung, wie er etwas Besonderes werden könnte. Vielleicht sollte er dem Eishockeyclub beitreten. Ein berühmter Eishockeyaner zu werden, wäre nicht schlecht. Aber wenn er ehrlich war, mochte er Sport nicht besonders. Viel lieber zeichnete er. Auf dem Papier konnte er alles zeichnen, was er wollte. Es musste nicht wirklich sein. In seinen Zeichnungen konnte er Cowboy, Pirat oder Ritter sein. Ein mutiger Mann. Das war es, wonach er sich sehnte: mutig sein, erwachsen sein.

Doch ihn verunsicherte, dass er die meisten Erwachsenen langweilig fand. So wollte er auf keinen Fall werden. Was gab es Öderes, als jeden Tag zur Arbeit zu gehen? Wie sollte man da Abenteuer erleben?

Er sah nur eine Möglichkeit: Er musste Tierforscher werden. Dann würde er nach Afrika fliegen und Elefanten, Löwen und Gorillas filmen können. Wie Professor Grzimek. Und das Beste: Dort gab es nur auf dem Kilimanjaro Schnee.

Kurt schaute aus dem Fenster. Große Flocken fielen vom Himmel. Plötzlich hatte er Lust, einen Schneemann zu bauen. Vielleicht würden Stephan und Rita mitmachen.

Er zog Winterjacke, Mütze und Handschuhe an. Als er in die warm gefütterten Schuhe schlüpfte, rief er: »Mama, ich gehe einen Schneemann bauen!«

Wir sitzen gemütlich auf meinem alten Sofa. Wir haben uns den Bauch mit Spaghetti Bolognese vollgeschlagen. Nun warten wir mit einem Glas Rotwein in der Hand auf den Film, den wir uns im Fernsehen angucken wollen. »The Elephant Man«. Der Wetterfrosch kündigt für morgen den ersten Schnee an.

Ich fühle mich so gut wie schon lange nicht mehr. Denn zwischen Katy und mir ist wieder alles in Ordnung. Es ist fast wie ein Wunder. Obwohl ich so stark gezweifelt hatte, kam alles wieder gut. Ich weiß nicht genau, wie und warum. Ich weiß nur, es fühlt sich wieder gut an. Und ich nehme mir vor, bei der nächsten Krise, die hoffentlich nicht so schnell kommt, mehr zu vertrauen.

»Du, Katy?«

»Hm?«

»Könntest du mir eine alte Kamera leihen? Ich möchte wieder anfangen zu fotografieren.«

»Wirklich?«

»Ja. Vielleicht hast du ja einen alten Fotoapparat, den du entbehren kannst.«

»Sicher. Das freut mich.«

»Weißt du«, sage ich, »als Junge wollte ich Tierfilmer werden. Ich dachte, das sei die einzige Möglichkeit, Abenteuer zu erleben.«

»Und warum bist du es nicht geworden?«

»Weil ich erwachsen wurde.«

»Das ist doch keine Antwort.«

»Doch. Mit dem Älterwerden interessierte ich mich immer mehr für Literatur. Also studierte ich Germanistik statt Zoologie.«

»Die Abenteuer zwischen Buchdeckeln.«

»Genau. Aber inzwischen weiß ich, das Leben ist auch ohne Afrikareisen abenteuerlich genug. Das Abenteuer ist hier und jetzt.«

»Im Fernsehen?«

»Jetzt, wo du es sagst: Irgendwie hab ich keine Lust mehr. Viel lieber möchte ich deinen Kontinent erforschen.«

»Da liegt die Fernbedienung. Schalt aus.«

Das muss mir Katy nicht zweimal sagen. Doch als ich vom Sofa aufstehen will, bittet sie mich, noch eine Weile sitzen zu bleiben. Sie werde mich rufen, wenn sie bereit sei.

»Bereit wofür?«

»Fürs Abenteuer ...«

***

Informationen

Am 18. März 2022 reichten Mitglieder des Ständerats die Motion 22.3355 ein, welche nicht verhältnismäßige medizinische Eingriffe an intergeschlechtlichen Kindern verbieten will. InterAction Schweiz begrüßt diese Motion, die unserem Hauptziel entspricht.

1.7 Prozent der Weltbevölkerung haben eine Variation der Geschlechtsmerkmale. Auf die Schweiz bezogen, entspricht dies der Bevölkerung der Stadt Bern oder Lausanne. Diese Menschen haben eine angeborene Variation ihrer Geschlechtsmerkmale. Sie unterscheiden sich von den aktuellen Definitionen von männlichen oder weiblichen Geschlechtsmerkmalen. Intergeschlechtlichkeit darf nicht mit der Geschlechtsidentität verwechselt werden. Die meisten der Variationen stellen keine Gefahr für die Gesundheit des Kindes dar. Kinder mit einer Variation der Geschlechtsmerkmale werden in der Schweiz immer noch zahlreichen hormonellen oder chirurgischen Behandlungen unterzogen. Die Behandlungen werden ohne die Einwilligung der Kinder durchgeführt und die Eltern erhalten nicht alle Informationen, die sie für eine freie und informierte Einwilligung benötigen. Die UNO hat die Schweiz seit 2015 fünfmal gerügt, und beurteilt die irreversiblen Eingriffe als Folter. Die Nationale Ethikkommission hat 2012 empfohlen und 2020 bestätigt, das Kind selbst entscheiden zu lassen. Die UNO und die ECRI fordern von der Schweiz ein Verbot.

Die von Matthias Michel, Ständerat FDP, eingereichte Motion möchte diesen Praktiken ein Ende setzen. Audrey Aegerter, Präsidentin von InterAction, freut sich, dass sich die Schweiz der Rechte intergeschlechtlicher Menschen annimmt. Sie sagt: »Als wir den Verein 2017 gründeten, träumten wir von diesem Tag. Natürlich ist die Arbeit noch nicht beendet, aber zu sehen, dass das Parlament bereit ist, einen Text wie diesen einzureichen, um alle Kinder zu schützen, ist ein echter Fortschritt.«

Quelle: Medienmitteilung von InterAction Schweiz vom 30. März 2022

Emily Quinn hat sich als CAIS-Frau geoutet (Complete Androgen Insensitivity Syndrom). Sie beriet MTV zur Serie »Faking It«, in der eine intergeschlechtliche Figur vorkommt. Emily Quinn wurde nie operiert und sagt: »Als Kind wurde mir erzählt, dass ich die einzige Person mit dieser Krankheit wäre. Ich hatte Angst und fühlte mich allein. Ich habe mir immer gewünscht, dass ein Prominenter irgendwann sagen würde, dass er oder sie die gleiche Erkrankung habe. Ich kann mich noch daran erinnern, dass ich Artikel über ein paar Prominente gelesen und mir sehnlichst gewünscht habe, dass sie öffentlich sagen würden, sie seien androgenresistent. Einfach, damit ich mich nicht so furchtbar, nicht als Monstrosität fühlen würde. Das ist der Hauptgrund. Ich möchte nicht, dass irgendein Kind das Gleiche durchmachen muss, das ich durchgemacht habe.

Ich bin jetzt an einem Punkt, an dem ich mich sehr wohl in meinem Körper fühle. Das geht aber vielen Menschen nicht so, und das ist nicht gut. Darüber hinaus geht es mir aber vor allem um die zahlreichen Operationen, die ohne deren Einverständnis an Babys, an zwei- oder dreijährigen Kindern oder sogar an Erwachsenen vorgenommen werden. Wenn die Menschen anfangen, uns zu akzeptieren, dann werden sich vielleicht viele Ärzte zweimal überlegen, ob sie eine Operation durchführen, um jemanden zu ›reparieren‹, ob sie versuchen, etwas nur deshalb zu entfernen, weil sich andere deswegen unwohl fühlen. Wir sind doch nicht kaputt.«

Quelle: vice.com

Das Bundesverfassungsgericht von Deutschland hat am 17. November 2017 beschlossen, ein drittes Geschlecht einzuführen.

Weiterführende Informationen zu PAIS-Frauen und anderen Varianten von Intergeschlechtlichkeit finden Sie auf
www.zwischengeschlecht.org oder
https://de.inter-action-suisse.ch

Wenn Sie den Kampf gegen »operatives Reparieren« intergeschlechtlicher Menschen unterstützen möchten, abonnieren Sie den Newsletter dieser Vereine und spenden Sie.

Danksagung

Ich danke Daniela Truffer von Zwischengeschlecht fürs Überprüfen der Manuskriptstellen über Intergeschlechtlichkeit sowie Mirjam Werlen von InterAction für Hinweise zur korrekten Terminologie im Deutschen. Eva Köchli danke ich, dass sie mich nach einigen Absagen ermutigt hat, das Buch doch noch einem weiteren Verlag zu schicken. Meinem Verleger Manfred Hiefner danke ich für das entgegengebrachte Vertrauen und meinem Lektor Manuel Gehriger für seine Sorgfalt. Uli Helfenstein machte mir eine Freude, indem sie mir erlaubte, ein Foto, das ich vor Jahren von ihr schoss, fürs Cover zu verwenden. Schließlich danke ich auch Ihnen, liebe Lesende, dass Sie jedes Wort bis hierhin gelesen haben. Das ist ein großes Geschenk für mich. Und zu guter Letzt danke ich der Inspirationsquelle, die aus mir unerklärlichen Gründen nie versiegt.